I MISTERY

1 Zia Melania
2 Zio Raymond
3 Nonno Godfrey
4 Scarlett
5 Gaspard
6 Zio Conrad
7 Marco
8 Haida
9 Zio Bud
10 Zio Samuel
Zio Algernon
12 Zio Manuel
13 Zio Jack

EL MONDO

13
16
20
24
1
2
8
26
21
Zia Honey
22
Zio Bill
23
Zio Helmut
24
Zio Chadwick
25
Raul
26
Zio Ulysses
14
Zio Kim
15
Dolores
16
Zio Lester
17
Zio Walter
27
Hugo
28
Smilla
18
Zio Tony
19
Nonna Jubilee
20
Zio Chen
29
Romeo

Agatha Mistery

Per l'edizione italiana:
© 2020 DeA Planeta Libri S.r.l.
www.deaplanetalibri.it
Redazione: via Inverigo 2 - 20151 Milano

Testi: Mario Pasqualotto
Coordinamento editoriale: Anita Denti
Illustrazioni: Stefano Turconi
Grafica: Paola Cantoni

Prima edizione: © DeA Planeta Libri s.r.l.
Catalogo: U8101496
ISBN 978-88-511-7937-3
Diritti internazionali © Atlantyca s.p.a., via Leopardi 8 – 20123 Milano
foreignrights@atlantyca.it www.atlantyca.com

Per il volume *Agatha Mistery - L'Enigma del Faraone*:
Testi: Mario Pasqualotto
© 2010 Atlantyca S.p.A., Italia
© 2010 Istituto Geografico De Agostini S.p.A., Novara, per l'edizione italiana

Per il volume *Agatha Mistery - Intrigo a Hollywood*:
Testi: Mario Pasqualotto
© 2012 Atlantyca S.p.A., Italia
© 2012 De Agostini Libri S.p.A., Novara, per l'edizione italiana

I testi delle pagine 270, 271, 278, 279, 288, 289, 294, 295 sono tratti da *Agatha Mistery - L'isola fantasma*

Stampa: DRUK-INTRO SPÓŁKA AKCYJNA – Polonia 2020

Sir Steve Stevenson

Agatha Mistery

AVVENTURE PER L'ESTATE

L'enigma
del faraone

Intrigo
a Hollywood

DeAGOSTINI

Sir Steve Stevenson

L'ENIGMA DEL FARAONE

Illustrazioni di
Stefano Turconi

Prima missione

Partecipanti

Agatha
Dodici anni, aspirante scrittrice di gialli, possiede una memoria formidabile.

Larry
Studente pasticcione della prestigiosa scuola per detective Eye.

Mr Kent
Ex pugile e maggiordomo dall'inappuntabile stile british.

Watson
Gatto siberiano pestifero con il fiuto di un segugio.

Zia Melania
Abita in una sontuosa villa a Luxor e... alleva dromedari!

Destinazione:
Egitto - Valle dei Re

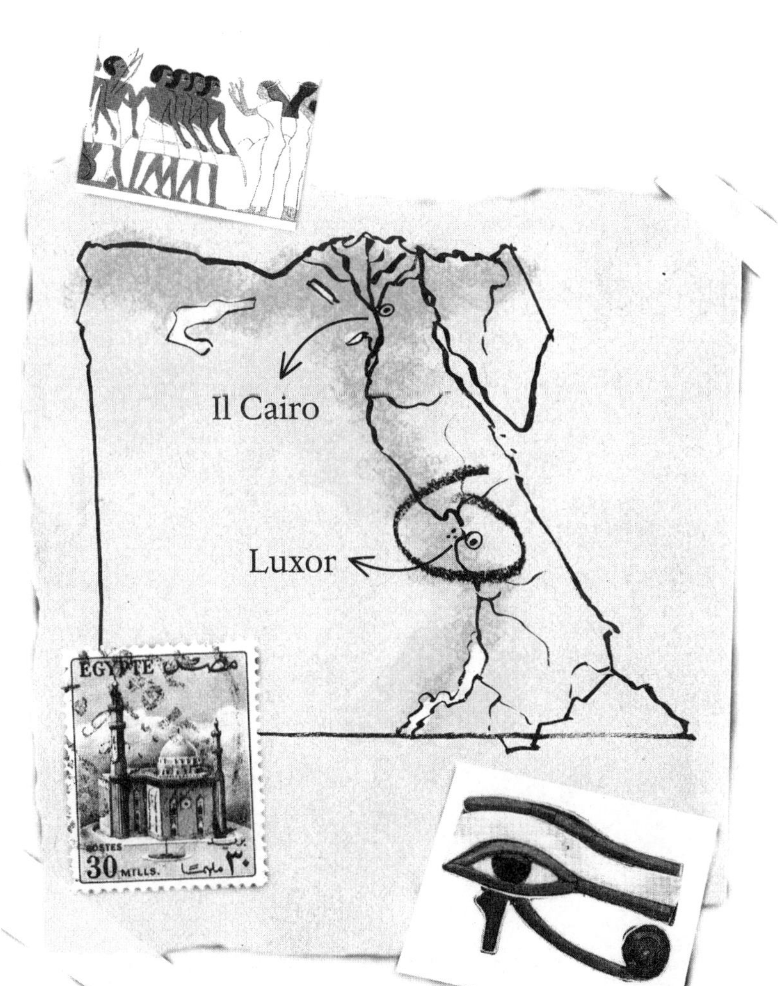

Obiettivo

Recuperare un'antica tavoletta rubata, che contiene le indicazioni per trovare la tomba di un faraone maledetto.

Dedicato alla mia eccentrica famiglia

Ringrazio Pierdomenico Baccalario ed Elisa Puricelli Guerra per gli innumerevoli spunti, le arguzie tecniche, l'assistenza morale. Se mai esistesse un simile reato, sareste entrambi indiziati di gentilezza eccessiva, ragazzi!

INIZIA L'INDAGINE

In cima al Baker Palace, al quindicesimo piano, c'era una grande terrazza piena di pannelli solari. Al centro sorgeva un attico squadrato e tozzo come un bunker. Dietro le finestre dai vetri opachi si intravedeva un'unica stanza in cui regnava un disordine da capogiro: cavi, monitor, antenne e apparecchiature elettroniche all'ultimo grido si contendevano lo spazio con sacchi della spazzatura, cartoni della pizza e vestiti gettati alla rinfusa ovunque.

L'unico inquilino dell'attico era un ragazzo di quattordici anni, spilungone e con i capelli neri, che ronfava su un divano, tutto scomposto. Quella notte aveva lasciato accesi i suoi sette computer per scaricare dati provenienti da mezzo mondo e, nella penombra, le luci intermittenti dei led gli saltellavano sulla faccia.

Fuori dall'appartamento, Londra era avvolta in una bruma lattiginosa. Quell'anno, l'estate stringeva i turisti in una morsa torrida e il Tamigi sembrava un nastro di lucido catrame.

Poco lontano dal Baker Palace, il Big Ben scandì le sei del mattino.

Larry Mistery non sentì i rintocchi della campana e continuò a dormire come un sasso.

Lui non era un tipo mattiniero. Preferiva non fare niente tutto il giorno e cominciare a studiare quando scendeva la sera, magari con lo stereo acceso a palla. Le sue pagelle scolastiche la dicevano lunga: Larry se la cavava bene in informatica, in tutto il resto valeva meno di zero.

«Invece di frequentare quella scuola strampalata dovresti fare, che so, ingegneria» protestava sua

madre. «Nella famiglia Mistery mancano gli ingegneri!» Larry con una scrollata di spalle le rispondeva: «Dimentichi nonno Angus, mamma. Lavora al Cern di Ginevra, studia le microparticelle subatomiche, roba forte». E così la conversazione terminava con sua madre che sospirava: «È uno scienziato, non un *normale* ingegnere. Voi Mistery avete tutti il pallino per i mestieri più strambi!»

Dopo il divorzio, la madre di Larry parlava dei Mistery come di una famiglia di svitati; a partire dall'ex marito, Samuel Mistery, campione di curling, una disciplina olimpica praticata da pochissimi sportivi. Per non dire, poi, di tutti gli altri parenti: una lista interminabile di stravaganti!

6.15: secondo tentativo. Su un monitor si accese la scritta *ALLARME ROSSO* accompagnata dalle sirene di *Star Trek* e da una voce metallica che ripeteva incessante: «Alle scialuppe di salvataggio!»

Questa volta la faccia del ragazzo venne bersagliata da laser stroboscopici, come se la stanza fosse diventata il ponte di un'astronave. Ma fu tutto perfettamente inutile: Larry si girò sull'altro fianco e affondò la testa nel cuscino. Dopo alcuni secondi già russava pesantemente.

6.30: ultimo tentativo. Per prima trillò la sveglia del telefono, più volte, e le tapparelle si alzarono ronzando, mentre lo stereo sparava a tutto volume le hit del momento. Poi il vicino bussò alla porta gridando: «Questa non è una discoteca, fannullone!»

Ancora niente.

Infine, alle 6.36 precise, in mezzo a quel baccano infernale si sentì un insignificante *BLIP*. Proveniva da un congegno di titanio simile a un cellulare, appeso al muro con una cordicella, giusto sopra il divano.

Il flebile *BLIP* suonò alle orecchie di Larry come una bordata di cannoni.

Senza alzarsi, il ragazzo allungò la mano e artigliò il congegno. Lo portò davanti agli occhi semichiusi con una mossa fulminea. Premette un paio di tasti, e sul display comparve un messaggio inquietante.

Larry lo lesse d'un fiato, poi spalancò gli occhi. «Oggi?!» urlò. «Non ce la farò mai!»

Saltò in piedi e si guardò intorno. Un disastro. Smaneggiò vari telecomandi e spense allarmi, suonerie e altoparlanti. «Non c'è tempo per sistemare tutto. Devo… devo… cosa devo fare?!» esclamò.

Si sedette sul bracciolo di una sedia e pigiò di volata le tastiere dei suoi sette computer, che presero vita con un lampo bianco. «Uh, oh! Le manderò una e-mail!» disse a voce alta. «Ma Agatha la leggerà in tempo?» Consultò una seconda volta il messaggio comparso sul congegno e fece una smorfia di dolore. «No, non va bene! Se tengono la mia posta sotto controllo sarà la fine!»

Dov'era finito il cellulare? Lo trovò tra le confezioni vuote di hamburger. Scorse febbrilmente la rubrica. «Adams… Adrian… Agatha… oh, AGATHA, sì, bene!»

Stava per comporre il numero.

All'improvviso si bloccò. E se gli avevano messo una microspia nel cellulare? Erano pur sempre i migliori in queste cose!

«Niente panico, Larry» bisbigliò a se stesso. «Pensa, rifletti, medita: come posso avvertire Agatha senza che *loro* lo vengano a sapere?»

Passò un minuto a scarmigliarsi i capelli, poi decise. Uscì sulla terrazza, spalancò lo sportello della voliera e afferrò il suo fidato piccione viaggiatore.

«È ora di mettersi al lavoro, amico! I cugini Mistery hanno bisogno di te!»

1. Sono originali, questi Mistery!

Attraversando a volo d'uccello la periferia londinese, il pallido grigiore delle palazzine veniva interrotto da un'improvvisa macchia verde: più di un ettaro di prati in fiore, placide fontane, stagni di ninfee, orti botanici e tranquilli vialetti alberati.

In mezzo al parco sorgeva una vecchia magione vittoriana dal tetto blu, la Mistery House, l'abitazione della dodicenne Agatha Mistery e dei suoi genitori.

Agatha passeggiava in pantofole e vestaglia, schivando i getti rotanti del sistema di irrigazione. Il profumo dell'erba appena tagliata le solleticava piacevolmente il naso.

Un naso piccolo e all'insù, eredità della famiglia Mistery.

La ragazza reggeva tra le dita una tazza di tè fumante, che assaporava a piccoli sorsi. Era di qualità Shui-Hsien, color arancio chiaro, dal retrogusto fruttato. In una parola: eccellente.

Procedette a passo spedito lungo il sentiero fino a un gazebo, dove sprofondò su un dondolo color lillà e appoggiò la tazza accanto a una pila di lettere. Si trattava di annunci pubblicitari, bollette da pagare e le solite, svenevoli cartoline delle amiche in vacanza. Agatha non si prese nemmeno la briga di leggerle.

Con la coda dell'occhio, notò un pacco ai piedi del tavolo. Era foderato di francobolli, timbri e annulli postali.

Cosa poteva contenere?

«Mr Kent?» chiamò Agatha.

Il maggiordomo di Mistery House fece capolino da dietro un cespuglio di ortensie, armato di un paio di gigantesche cesoie da giardinaggio. Stava sfoltendo i rametti ribelli, agghindato con uno smoking nero che sembrava più adatto per una serata di gala.

«Buongiorno, Miss Agatha.» Mr Kent agitò le cesoie e abbozzò un sorriso, senza muovere la sua mascella di granito. Era il massimo di espressività che si poteva pretendere da un ex pugile professionista come lui.

«E questo?» gli chiese Agatha sollevando il misterioso pacchetto. «Da dove sbuca?»

«Dalle Ande, Miss Agatha.»

«Allora lo mandano mamma e papà!»

La ragazza non perse tempo: si mise a gambe incrociate e cominciò a scartare il pacco. Nel farlo, osservò meglio la sequenza degli annulli postali. «Il primo è il timbro di Laguna Negra, in Perú» disse a voce alta. Sollevò lo sguardo, sorridente. «Loro adesso sono lì, a quattromila metri di altitudine!»

«Proprio così, signorina.»

«E poi l'ufficio postale di Ica, la provincia andina» proseguì lei tutta concentrata. «Quindi Lima, capitale del Perú, e... ma che strano! Lo vedi anche tu?»

«Cosa dovrei vedere, Miss Agatha?»

«Questo timbro, sotto l'affrancatura *PAR AVION*.» Agatha si mordicchiò le labbra. «Dice Città del Messico...»

Mr Kent confermò con un cenno della testa.

«E infine l'ultima tratta: da Città del Messico a

Londra, vidimata all'aeroporto di Stansted!» concluse Agatha. Festeggiò con una sorsata di Shui-Hsien, poi estrasse da una tasca il suo fidato taccuino, aprendolo su una pagina bianca. «Hai una penna?» chiese al maggiordomo.

Agatha non perdeva mai l'occasione di annotare qualsiasi informazione ritenesse curiosa. Come tutti i membri della famiglia Mistery, aveva deciso di intraprendere una carriera fuori dal comune.

Voleva diventare una scrittrice di gialli.

E non una qualsiasi: la migliore!

Quindi allenava di continuo la sua memoria prodigiosa, consultava libroni enciclopedici su qualsiasi argomento e, quando poteva, viaggiava in ogni angolo del pianeta. L'attenzione per i dettagli era pane per i suoi denti. «La penna?» domandò ancora.

Il maggiordomo era bloccato su due piedi e la fissava con un'espressione indecifrabile.

«Qualcosa non va, Mr Kent?»

Lui sfilò una stilografica dorata dal taschino della

giacca e gliela passò, tossicchiando. «Veramente, non vorrei sembrarle indiscreto...» cominciò, imbarazzato. «Ma non apre il pacco dei suoi genitori, Miss Agatha?»

«Oh, certo, che sbadata!» La padrona di casa strappò via il nastro adesivo e spalancò la scatola di cartone.

Mr Kent, ovviamente, sapeva già che dentro c'era il regalo per il dodicesimo compleanno di Agatha, ma fu il primo a strabuzzare gli occhi quando il contenuto si rivelò. «Un cactus?!» si lasciò sfuggire.

La ragazza aveva le guance arrossate. «Ma è un esemplare rarissimo!» esclamò, al settimo cielo.

Insieme a quella specie di zucca verde irta di spine, c'era anche un bigliettino di auguri.

Agatha, tesoro,
papà e io siamo davvero felici di aver trovato per te l'ultima pianticella esistente al mondo di Indionigro Petrificus. *Puoi metterla nel lotto 42. Aggiungi un po' di terriccio sabbioso e niente acqua. Massima cura, però! E non dimenticare i guanti da lavoro: le sue spine contengono una micidiale tossina paralizzante che genera una morte apparente di qualche ora!*

Un bacio grande grande,
Mamma

«Una tossina paralizzante! Per la barba della regina, proprio quello che mi ci voleva!» si rallegrò Agatha.

Salutò in fretta il maggiordomo e, tenendo il pacco sotto il braccio, corse verso la serra.

Il sole baluginava sulla maestosa struttura in acciaio con il tetto e le pareti di vetro.

Entrando nella serra, la temperatura divenne immediatamente soffocante. C'erano almeno quindici gradi in più rispetto all'esterno e l'aria era immobile.

Agatha spaziò con lo sguardo: sulla sabbia granulosa crescevano fusti di qualsiasi forma e grandezza, alcuni tondi e bassi come palle da biliardo, altri slanciati e con le braccia rivolte in alto, simili a goffi manichini.

Un panorama da film western.

«Lotto 37… lotto 38… ecco il 42!»

Di fianco a un gruppo di fichi d'India, c'era un quadrato di terriccio completamente libero. Agatha depose la scatola con delicatezza e andò a cercare un paio di guanti. Recuperò anche un testo di botanica e un altro sui veleni.

Non si poteva mai sapere.

Quando indossò i guanti da lavoro, le scappò una risata: dovevano essere di Mr Kent, erano almeno di cinque taglie troppo grandi. Strinse le cordicelle sui polsi, prudente.

Osservando l'*Indionigro Petrificus* cominciò a immaginare la trama di un libro sulla "morte apparente": un assassino che inscenava il suo funerale e ritornava in gran segreto per vendicarsi.

«Ehm» intervenne a quel punto il maggiordomo. «Ci sarebbe un piccolo problema.»

«Un problema, Mr Kent? Che genere di problema?»

«Si tratta di Larry, signorina.»

«Larry?! E cosa vuole?»

«Credo debba vederlo di persona, Miss Agatha.»

Agatha si tolse i guanti con un profondo sospiro e seguì il maggiordomo fuori dalla serra, fin sotto un grande acero.

Appollaiato su un ramo c'era un piccione viaggiatore che zampettava irrequieto. E aveva i suoi buoni motivi.

Watson, il gatto siberiano di Agatha, lo puntava di nascosto tra le felci e si stava già leccando i baffi.

«Vieni qui, Watson!» lo chiamò la ragazza.

Il gatto lanciò al piccione un'occhiata del tipo:

"Sarà per la prossima volta". Poi si attorcigliò con mille fusa intorno alle gambe della sua padroncina.

Agatha non si lasciò intenerire. Si arrampicò sull'albero e acciuffò il piccione. Slegò un cilindretto di latta dalla sua zampa e lanciò in aria il pennuto, che partì in un turbinare di ali.

Nel cilindretto di latta c'era un foglio arrotolato. Ormai Agatha era abituata alle sorprese.

Questa, però, le superava tutte.

AGENTE LM14,
PARTENZA PER L'EGITTO ORE 10.45, AEROPORTO DI HEATHROW. BIGLIETTI PRENOTATI. DETTAGLI ENIGMA LUNGO IL TRAGITTO.

Senza scendere dall'albero, Agatha controllò l'ora: erano appena passate le sette.

«Prepara le valigie, Mr Kent!» urlò. «Partenza immediata!»

«Clima?»

Agatha ci pensò su. «Farà parecchio caldo, suppongo» rimuginò. «Direi di portare abiti di lino e di cotone. Sahariana e pantaloni corti...»

«Come desidera, Miss Agatha.»

Il maggiordomo si dileguò all'interno di Mistery House, tallonato da un affamatissimo Watson.

Agatha invece scese dalla pianta e andò subito nella sua stanza per consultare l'albero genealogico di famiglia. Si trattava di un planisfero enorme su cui erano segnalati la residenza, il mestiere e il grado di parentela di tutti i Mistery, almeno di quelli di cui si aveva traccia.

La ragazza puntò il dito sull'Egitto e trovò una zia a Luxor. «Melania Mistery!» esclamò. «Allevatrice di dromedari!»

Soddisfatta, alzò la cornetta del telefono e avvisò zia Melania del loro arrivo.

Mezz'ora dopo era tutto pronto per la partenza. Agatha indossava un completo coloniale, Mr Kent una buffa camicia hawaiana. Caricarono sulla limousine tre grosse valigie, il micidiale *Indionigro Petrificus* (poteva sempre tornare utile) e Watson, che si acciambellò immediatamente sulle ginocchia della sua padroncina.

Rimaneva solo un'incognita: Larry sarebbe arrivato in tempo?

2. Destinazione Luxor

I genitori di Agatha erano allergici ai normali mezzi di trasporto. Collezionavano alianti, deltaplani e mongolfiere per gironzolare nella campagna inglese e quando soggiornavano in paesi lontani preferivano muoversi a dorso di mulo, su jeep scassate o vecchi battelli a vapore.

«Noi Mistery siamo tipi avventurosi» ridacchiava suo padre. «Un aereo di linea? Hahaha! Vuoi mettere con il fascino di un transatlantico come il *Titanic*?»

Agatha scuoteva la testa. «Guarda, papà, che il *Titanic* è colato a picco schiantandosi contro un iceberg» gli ricordava. Allora lui tirava due o tre boccate dalla pipa e cambiava discorso.

Anche Agatha amava l'avventura, ma la comodità dei mezzi moderni era indiscutibile.

Soprattutto quando si andava di fretta.

Dopo il viaggetto in limousine nel traffico londinese, Agatha e Mr Kent trovarono i biglietti prenotati a loro nome al check-in e, poco dopo, salirono sul lussuoso Boeing 777 dell'Egyptair diretto a Luxor. Avvolti nella frescura dell'aria condizionata, si sedettero in una fila a metà dell'aereo e posarono la gabbietta di Watson nel posto centrale, quello riservato a Larry.

Il gatto siberiano era abituato a volare e dormiva già della grossa. Agatha affondò il naso nelle sue letture. Si era portata dei volumi di botanica e sui veleni e parecchie guide sull'Egitto. Cominciò dal libro sui veleni, cercando informazioni sulla tossina dell'*Indionigro Petrificus*. Mr Kent, invece, lottava per trovare una posizione comoda: i sedili non erano adatti alla sua stazza da peso massimo. Alla fine decise di stendere una gamba in mezzo al corridoio, porgendo le sue scuse agli altri viaggiatori quando li faceva inciampare.

Arrivavano frotte di turisti, soprattutto famigliole in vacanza e giovani coppie in luna di miele. Presto l'aereo si riempì, mentre il rombo dei motori saliva di decibel col passare dei minuti.

Mancava poco al decollo.

Quando il comandante diede il benvenuto dagli altoparlanti, Mr Kent inarcò le sopracciglia. «E Mr Larry?» domandò preoccupato. «Dove sarà finito?»

Agatha lo individuò al portellone di ingresso. «Sta discutendo con una hostess» sospirò. «Tipico!»

I due drizzarono le orecchie per captare la conversazione.

«Le ripeto che non è un cellulare, quindi non lo devo spegnere neanche durante il decollo» stava dicendo Larry alla giovane assistente di volo. «È una console di nuova generazione, tutto qui!»

«Così piccola? Me la mostri!» ordinò lei, arcigna.

Sbuffando, Larry sganciò il suo speciale congegno di titanio dalla tracolla, pigiò un tasto e glielo porse.

La hostess guardò incredula lo schermo lampeggiante e sembrò rilassarsi. «Si può giocare anche a *Super Mario*?» chiese. «Dove si compra?»

Il ragazzo riacciuffò il congegno con una destrezza impressionante. «È un pezzo unico» le confidò, ma aveva un'aria sorniona. «Non è in vendita!»

«Ma... ma...»

«Spiacente... adesso posso andare?»

Senza attendere la risposta, Larry imboccò spavaldo il corridoio. Il trucchetto della finta schermata di *Super Mario* era riuscito alla perfezione, si sentiva un vero agente segreto.

Agatha sventolò una mano per salutarlo, ma lui fischiettava allegro, distratto dai suoi pensieri.

«Attento, Larry!» lo mise in guardia la cugina.

«Uh, cosa?!»

Troppo tardi.

Il ragazzo non si accorse della gamba di Mr Kent e inciampò, stramazzando a terra, lungo disteso. Cacciò un urlo di dolore, poi senza nemmeno rialzarsi si mise a cercare qualcosa sotto i sedili degli altri viaggiatori.

«Dov'è?!» strillava. «Non lo trovo!»

Agatha tentò di calmarlo. «Cosa cerchi, Larry? Ti posso aiutare?»

Con la faccia sgomenta, il ragazzo indicava la

tracolla e parlava a mitraglietta. «Ho perso l'EyeNet! Sono spacciato! Addio indagine!»

Ecco spiegata tanta apprensione.

L'EyeNet era il congegno ultratecnologico che la scuola per detective dava a tutti i suoi allievi. Larry non se ne separava mai; senza la sua attrezzatura si sentiva perduto.

«È scivolato nella gabbietta di Watson» intervenne Mr Kent.

Larry si precipitò a recuperarlo, dimenticandosi di un piccolo particolare: il gatto non lo aveva per niente in simpatia! Infatti, non appena infilò una mano nella gabbia, Watson riconobbe il suo odore e gli morse un dito.

«Ahio!» gemette Larry. Ma, dopotutto, aveva ritrovato il suo prezioso giocattolo, e questo bastò a tranquillizzarlo. Sprofondò nel sedile con un lungo sospiro di sollievo.

«Dura la vita del detective» commentò Agatha, ironica.

«Puoi dirlo forte, cuginetta!»

Poco dopo l'aereo decollò e trafisse le pallide nuvole londinesi. Il cielo divenne presto di un azzurro limpidissimo. Ritornata la quiete, venne il momento di parlare della missione di Larry.

«Dimmi tutti i particolari dell'indagine, agente LM14» attaccò Agatha.

«Uh, sì, quasi me ne dimenticavo…»

«Vai, cugino!»

Larry raccontò del messaggio ricevuto dalla scuola

quella mattina. Doveva sostenere l'esame di Pratiche Investigative: aveva tre giorni di tempo per scoprire i colpevoli di un furto archeologico avvenuto in uno scavo nella Valle dei Re. «Per la precisione, si tratta di una tavoletta riguardante un misterioso faraone» aggiunse.

«Una tavoletta? Potresti essere meno vago?»

«So solo questo, Agatha.»

«Sicuro?»

Larry si mise le mani nei capelli, imbarazzato. «Be', non ho ancora controllato tutti i file, volevo farlo insieme a te...»

«E allora che cosa stiamo aspettando?»

«Uh, sì, certo!»

Il ragazzo estrasse dallo zaino l'attrezzatura necessaria: tre piccole cuffie e un cavo USB. Collegò i vari pezzi all'EyeNet e accese lo schermo incassato nel sedile di fronte. Poi azionò tutto fiero il suo congegno.

Sullo schermo apparve un distinto signore con

i baffetti e una bombetta in testa, che si presentò come agente UM60.

«Luxor, antica capitale dell'Egitto, un tempo chiamata Tebe» esordì pacato il professore di Pratiche Investigative. «Sorge sulla sponda orientale del Nilo ed è famosa per i suoi templi in onore del sole. Ma lei, agente LM14, dovrà recarsi sulla sponda opposta, dove il sole tramonta e i faraoni dormono nelle loro tombe millenarie: la sconfinata necropoli conosciuta come Valle dei Re. Ha presente la maledizione di Tutankhamon?»

Larry rabbrividì, mentre Agatha era ipnotizzata dalle immagini che si susseguivano sullo schermo. Sembrava un corso accelerato sulle meraviglie archeologiche dell'Egitto.

«Si ricordi che è un esame, non una gita turistica!» riprese di colpo il professore. «Scopra il colpevole del furto, agente LM14, o sarò costretto a bocciarla!»

Larry sobbalzò sul sedile. Aveva la fronte imperlata di sudore, gli esami lo rendevano nervoso. Per questo, quando partiva in missione, si faceva sempre accompagnare da Agatha.

Nel frattempo, l'agente UM60 concluse il suo discorso. «Ovviamente potrà consultare tutti i nostri dossier sull'Egitto, ma gli indizi dovrà raccoglierli sul campo. Tutto chiaro?»

A quel punto la comunicazione si interruppe. Il volto del professore venne sostituito da una smisurata lista di file: mappe satellitari, messaggi in codice, video di approfondimento.

«È peggio di quel che pensavo» gemette Larry.

Agatha gli diede una pacca sulla spalla. «Non ti scoraggiare» disse allegra. «Ci divertiremo un sacco, vedrai!»

Si tolsero le cuffie e solo allora notarono che tutti gli altri viaggiatori li stavano osservando indispettiti.

La hostess appassionata di *Super Mario* sembrava furiosa. «Chi di voi è l'agente LM14?» domandò incrociando le braccia.

Silenzio assoluto.

Larry si fece sempre più piccolo e nascose gli occhi sotto la tesa del berretto che si era infilato in fretta.

«Sono io» mentì Mr Kent. «Qualcosa non va, signorina?»

«Non si è accorto del pasticcio che ha combinato?»

«Cosa intende?»

«Quello strano documentario ha invaso tutti gli schermi dell'aereo!»

«Davvero?»

«I nostri clienti hanno il diritto di vedere il film che preferiscono, la prego di non intromettersi più!»

Quella frase fu sottolineata da un boato di proteste.

Mr Kent non si scompose. «Come desidera, signorina. Le mie sentite scuse.»

L'avevano fatta davvero grossa.

Non appena la hostess se ne andò, Agatha ringraziò il maggiordomo per la prontezza e si rivolse al cugino. «Mi sa che dovremo rimandare a più tardi, Larry!» disse con un sorriso.

«Hai ragione» convenne lui. «Esamineremo i documenti all'ombra delle piramidi, che ne dici?»

Agatha lo fissò divertita. «Se la memoria non m'inganna, cuginetto, a Luxor e nella Valle dei Re non ci sono piramidi!»

Larry fece una smorfia. «Niente piramidi» disse fra sé. «Sono proprio un detective da strapazzo!»

3. La regina dei Limoni

Nessuno di loro aveva lontanamente immaginato lo splendore di Luxor. L'aeroporto era nuovo di zecca e dalle sue immense vetrate si ammirava una città piena di colori e vibrante di vita.

Anche Larry, che aveva russato per quattro ore filate, si stropicciò gli occhi dallo stupore.

«Fantastico!» ripeteva ogni tre passi. «Hai visto la statua dello sciacallo? E quell'altra del faraone gigante?»

«Larry, sono semplici copie» lo frenò Agatha. «Le statue vere si trovano nel Tempio di Luxor e nella vicina Karnak.»

«Come fai a saperlo?» si rabbuiò il ragazzo.

«Ho letto un po', mentre tu dormivi.»

Lui si girò di scatto, allarmato. «Non avrai consultato il mio EyeNet, vero?»

Agatha gli tese un libro. «No, Larry. A volte è sufficiente una guida turistica...»

Tallonati da un silenzioso Mr Kent, che trascinava pigramente le valigie, i ragazzi superarono le porte scorrevoli e si ritrovarono in mezzo a una folla oceanica.

Tassisti che strombazzavano allegramente, decine di bancarelle sommerse di tuniche e turbanti, chioschi di kebab che spargevano nell'aria profumi speziati.

In quella baraonda di voci e colori, Agatha udì qualcuno che urlava ripetutamente il suo nome.

«Lo sentite anche voi?» domandò.

Larry e Mr Kent non fecero in tempo a rispondere.

Al centro del piazzale, sotto un obelisco, c'era uno squadrone di dromedari da far invidia a Lawrence d'Arabia. Ritta sulle staffe, una donna paffutella sui quarant'anni agitava vivacemente una mano.

Agatha capì subito di chi si trattava: era zia Melania!

«Siamo qui, zia!» gridò con le mani a megafono.

Gli occhi di Melania Mistery brillarono di gioia. Smontò di sella in un battibaleno e, facendosi largo nella calca, si fiondò a braccia aperte verso i nuovi arrivati.

«Nipotini!» disse commossa. «Finalmente ci conosciamo di persona!»

Abbracciò Agatha e le schioccò un sonoro bacio sulla guancia. Poi passò al parente successivo.

«Ehm… io veramente sarei il maggiordomo!» arrossì Mr Kent, irrigidito da quei gesti affettuosi.

La zia interruppe bruscamente l'abbraccio. «In effetti mi sembravi un po' cresciutello» disse imbarazzata, prima di spostare l'attenzione sul ragazzo nascosto dietro l'ex pugile. «Quindi Larry Mistery sei tu?»

«Sissignora» rispose lui indietreggiando.

TAXI

Zia Melania scoppiò a ridere e gli spazzolò i capelli. «Sei timido, nipotino? Peccato, perché hai l'aspetto del rubacuori!»

Larry divenne rosso come un peperone.

«Non avete fame?» cambiò discorso la zia, inarrestabile come il Nilo in piena. «Presto, consegnate i vostri bagagli ai miei servitori e salite in sella. Ho preparato un banchetto per le grandi occasioni!»

Agatha annuì e si catapultò in groppa a un dromedario. Più difficile fu caricare Larry e Mr Kent, il primo perché non si fidava della grossa bestia scalciante, il secondo perché pesava come un masso di granito.

La carovana procedette lentamente nel traffico cittadino, suscitando le colorite proteste degli automobilisti. Poi svoltò in un vialone costeggiato da file di palme e si bloccò davanti a un cancello imponente decorato con intarsi egizi.

Erano arrivati alla sontuosa villa di Melania Mistery. Nel cortile i ragazzi si rinfrescarono con l'acqua di una fontana e seguirono la zia nella sala da pranzo, che somigliava a una tenda regale: sul pavimento c'erano cuscini ricoperti di stoffe pregiate e si respirava un piacevole odore di incenso.

Watson si aggirava curioso annusando le tracce di altri gatti.

«Oggi vi porterò a visitare il Tempio di Luxor» disse Melania azzannando un dattero. «E domani ci sposteremo a Karnak. Vi piace il programma?»

A Larry andò di traverso un boccone di cuscus e iniziò a tossire.

«Zia, scusaci tanto» venne in suo soccorso Agatha. «Io e Larry abbiamo in mente di partire subito per la Valle dei Re.»

«Sarebbe stata la terza tappa del nostro viaggetto, comunque possiamo fare come preferite!»

Larry bevve un lungo sorso d'acqua e si diede dei colpetti sul petto.

«Purtroppo dobbiamo andare da soli» intervenne di nuovo la cugina. «Intendo noi due, Mr Kent e Watson.»

Melania capì che c'era sotto qualcosa. «Un'avventura in perfetto stile Mistery!» si rallegrò. «Dunque, dove siete diretti?»

«Alla tomba 66» rispose Larry ricordandosi un dettaglio della sua missione.

«Cosa!?» si stupì zia Melania drizzandosi in piedi. «La tomba 66 non esiste!»

Agatha sferrò a Larry una leggera gomitata nelle costole. «Questo non me l'avevi detto, cugino» borbottò. «Sai che devi aggiornarmi su tutto!»

«Era su un file che ho sbirciato prima di partire.»

Melania richiamò un servitore battendo le mani.

Questi ritornò con una mappa della Valle dei Re, che venne distesa al centro della sala come un tappeto. «Vedete?» fece la zia. «Ci sono solo sessantatré scavi conosciuti e due in via di accertamento. Fanno sessantacinque.»

«Posso accendere la tv?» chiese Larry allontanandosi di soppiatto.

«Fai pure» rispose Melania, mentre illustrava ad Agatha e a Mr Kent la disposizione delle tombe.

Nel frattempo Larry collegò l'EyeNet e fece partire un filmato in bianco e nero, alzando il volume col telecomando. Tutti si girarono, compreso Watson.

«Non sappiamo di preciso a chi appartenga» diceva un anziano egittologo con l'accento francese. «Supponiamo che si tratti della tomba di un faraone del Nuovo Regno, caduto in disgrazia e mai registrato sulle liste reali. Potrebbe essere una scoperta rivoluzionaria, ma senza la tavoletta rubata non possiamo stabilirlo. Abbiamo bisogno di aiuto immediato!»

Subito dopo, sullo schermo comparve il tragitto per arrivare alla tomba 66: aggirava l'area dei templi e si inerpicava sulle aspre colline.

«Ecco la mia missione!» esclamò Larry. «Ora è tutto chiaro!»

Zia Melania era perplessa. «Una missione?» disse. «Cosa significa?»

Questa volta Agatha fu obbligata a darle delle spiegazioni. «Larry frequenta l'Eye, la famosa scuola per detective e agenzia investigativa. Siamo qui per aiutarlo a superare un esame.»

Melania non indugiò oltre e fece accorrere una decina di servitori. «Preparate le vettovaglie! Sellate i tre dromedari più veloci! Prenotate un battello! Cercate telecamere e microfoni!» ordinò in gran fretta.

«Telecamere e microfoni, zia?» domandò Agatha. «A che cosa servono?»

Melania si appoggiò a una colonna e si massaggiò la testa. «Il Consiglio supremo delle antichità egizie non vi lascerà girovagare tanto facilmente per la Valle dei Re» spiegò. «I permessi sono diventati molto restrittivi, ci sono guardie dappertutto!»

«E quindi? Cosa c'entrano le telecamere?»

«Potreste fingere di essere una troupe della BBC, che sta filmando un documentario sull'Egitto.» Si interruppe un momento, indecisa. «Cosa ne pensi, Agatha?»

La ragazza era ammirata da quel piano ingegnoso. «Ottima idea, zia!» approvò. «Svelti, venite tutti qua!»

Larry e Mr Kent si misero sull'attenti.

«Bene, Larry sarà l'operatore di macchina» decise

Agatha. «Mentre Mr Kent reciterà la parte del danaroso produttore.»

«E tu?» chiese il cugino.

«Microfono, penna e taccuino: sarò la presentatrice» sorrise lei.

Melania Mistery applaudì, eccitata. «Questo è lo spirito giusto!» commentò.

Per trovare l'attrezzatura e caricarla sui dromedari ci volle più di un'ora. Larry ne approfittò per stampare vari documenti e li affidò alle cure della cugina. Aveva paura di cadere dal dromedario, perdendo così delle informazioni preziose.

Poi si trasferirono tutti nelle camere da letto e si cambiarono d'abito. Quando si presentarono alla zia, somigliavano a un gruppo di esperti reporter televisivi.

«Eccellente!» esclamò Melania. «Ora vi accompagno al battello, così potrete attraversare il Nilo!»

Nel cortile, però, li aspettava una brutta sorpresa: Hasan, uno degli allevatori di dromedari al servizio della zia, era seduto sul bordo di una fontana, immobile come una statua.

I suoi colleghi parlottavano intimoriti e non osavano nemmeno sfiorarlo.

«Cosa è successo?» domandò Melania Mistery.

«Una maledizione!» risposero in coro. «La punizione del serpente Apopi!»

Agatha sospettava già cosa poteva essere successo. Ispezionò le mani di Hasan e scoprì che l'allevatore aveva un ago sottile conficcato nel palmo.

«*Indionigro Petrificus*» sussurrò tra sé. «Hasan ha toccato il cactus mentre lo depositava nella bisaccia!»

Per fortuna, il libro sui veleni suggeriva un antidoto alla tossina paralizzante. «Zia, hai un paio di limoni?» chiese la ragazza.

In un lampo, Melania riapparve in cortile con una cesta piena di agrumi.

Agatha spremette qualche goccia sulle labbra di Hasan, poi usò la scorza per staccare la spina.

Come per magia, l'allevatore si rianimò e per prima cosa si stiracchiò. «Cosa mi è successo?» chiese intontito.

I suoi colleghi esultarono a braccia alzate e intonarono un canto in onore di Agatha.

«Cosa stanno dicendo, zia?»

Melania Mistery sorrise compiaciuta. «Credono che tu sia la reincarnazione femminile di Osiride: la regina dell'Oltretomba, capace di risvegliare i morti!»

«Regina dell'Oltretomba?» commentò divertito Larry. «Al massimo sei la regina dei Limoni!»

4. Sorvegliati speciali

«Zia Melania è davvero un tipo originale» rifletté Larry, curvo sul parapetto a fissare le acque limacciose del Nilo.

«La cosa ti sorprende?» ribatté Agatha. «È una Mistery come noi, abbiamo le stesse inclinazioni!»

«Uh, certo... ma scegliere proprio questo battello? Come ti sembra?»

«Puzzolente, arrugginito e lentissimo: di sicuro piacerebbe ai miei genitori!»

Entrambi risero osservando la ciminiera del vecchio barcone che sputacchiava zaffate di catrame nero.

Prima dei saluti, zia Melania li aveva rassicurati: «La *Duat* non darà nell'occhio. Attraccherà a un molo abbandonato, nei paraggi del sentiero indicato sulla vostra mappa. Siete contenti, cari nipotini?»

Larry aveva fatto un sorrisetto di circostanza.

Agatha, invece, si era portata dietro un dizionario di antico egiziano e li aveva informati che *Duat* significava "aldilà". Una notizia che aveva demoralizzato Larry ancora di più.

Il mezzo di trasporto lasciava un po' a desiderare, ma almeno li avrebbe condotti dritti alla meta.

«Bene, propongo di ricapitolare le informazioni che abbiamo raccolto» disse Agatha aprendo l'ombrellino da sole. «Sei d'accordo, cugino?»

Larry annuì deciso.

Si accomodarono di fianco al recinto dei dromedari e consultarono con calma i documenti stampati.

Intanto Mr Kent era impegnato a rincorrere Watson sul ponte della nave. Il gatto schizzava come un fulmine tra le gambe dei marinai e si nascondeva nei pertugi più impensabili.

«Allora, abbiamo un dossier sull'egittologo del filmato» iniziò Agatha.

«Il professor Marchand, giusto?»

«August Marchand, dell'università di Mulhouse, in Francia. Secondo questi documenti, la sua équipe è formata da due assistenti, un polacco e un tedesco, più ventuno scavatori egiziani» continuò lei inumidendosi il dito per sfogliare le pagine.

D'un tratto s'imbatté in una curiosa fotografia e la sfilò dal fascicolo.

Ritraeva quattro persone a figura intera, lo sguardo fiero e soddisfatto. Ai loro piedi giaceva una tavoletta d'argilla coperta di minuti geroglifici tracciati con un piccolo scalpello.

Larry passò in rassegna le persone nella foto. «Il secondo a sinistra deve essere il professor Marchand, si riconosce dalla barbetta bianca» ridacchiò. «Mi dici gli altri nomi, Agatha?»

«Dunque dunque...» indagò lei con calma tirandosi indietro una ciocca di capelli. «Abbiamo il dottor Wroclaw, polacco, esperto di geroglifici, e il dottor Frank, tedesco, geologo.»

«Scommetto che Wroclaw è il tipo biondiccio, mentre quello cicciottello è Frank.»

«Concordo. Ma il quarto uomo chi è?» domandò Agatha, quasi parlando a se stessa.

La tunica e la lunga barba a punta lo rendevano particolarmente sinistro: sembrava un sacerdote dell'antico Egitto.

«Accidenti che sguardo magnetico!» rabbrividì Larry.

Agatha intanto scartabellava i fogli per trovare degli indizi sull'identità dell'uomo. «Temo che scopriremo chi è solo all'arrivo alla tomba 66» disse arrendendosi. Disegnò sul suo taccuino un grosso punto interrogativo e sotto vi scrisse: *QUARTO UOMO*. «Passiamo alla tavoletta, noti qualcosa?» riprese.

«Che è fragilissima, sembra fatta di pastafrolla» osservò Larry. «Come avranno fatto a rubarla senza romperla?»

«Ottima analisi, cugino!»

Agatha aggiunse *TRASPORTO TAVOLETTA* sul taccuino.

«Hai altre osservazioni sulla tavoletta?» chiese.

«Uh, non mi pare...»

«Aguzza bene la vista, Larry.»

Lui prese la foto per osservarla da vicino. Si grattò il mento e strinse gli occhi. «In effetti, qualcosa non torna nei geroglifici» mormorò, dubbioso.

«Bravo Larry! Ho aperto un cassetto della memoria e mi pare che...» Agatha si interruppe, pensosa.

Larry pendeva dalle sue labbra: la prodigiosa memoria fotografica della cugina era leggendaria nella famiglia Mistery.

«Uhm» riprese Agatha. «Nel *Compendio sui geroglifici* che ho letto qualche mese fa...» continuò a riflettere «mi pare proprio che...»

«Ti pare che cosa?»

«Potrei ingannarmi, ma secondo me i geroglifici sulla tavoletta sono scritti al contrario!»

Per dimostrare la sua teoria, Agatha recuperò la trousse da una bisaccia e afferrò il portacipria.

Larry era sbigottito. «Non vorrai truccarti proprio adesso!»

«No, sciocco» ammiccò Agatha. «Nelle borsette delle signore c'è un assortimento di oggetti utilissimi!»

Mise la foto di fronte allo specchietto del portacipria e invitò Larry a guardare.

Nell'immagine riflessa, i geroglifici sembravano scritti nel verso giusto.

«Una bella sfida, non trovi?» disse Agatha posando il mento sulle dita intrecciate. «Chiunque abbia tracciato quei geroglifici voleva renderli incomprensibili.»

Larry saltò in piedi, tutto infervorato. «Ma certo!» affermò. «Questo spiega perché nel filmato il professor Marchand sembrava così vago...»

«Non hanno fatto in tempo a tradurre la tavoletta!» concluse Agatha per lui. Annotò sul taccuino: *GEROGLIFICI AL CONTRARIO*.

«Bene, continuiamo?» incalzò.

Ma in quel momento sulla *Duat* scoppiò una certa agitazione tra i marinai e il motore si arrestò di colpo con un cigolio metallico.

Agatha e Larry vennero raggiunti da Mr Kent, che teneva in braccio Watson. «Miss Agatha, guai in vista!» esclamò.

«Cosa sta succedendo?»

«Un controllo della polizia portuale!»

Una motovedetta sfrecciò davanti a loro, schizzandoli con l'elica del motore. Poi affiancò il battello e gli puntò contro la mitragliatrice della torretta.

Larry divenne bianco come un lenzuolo. «Zia Melania aveva promesso che sarebbe filato tutto liscio!» strillò.

Seguirono attimi concitati.

Un uomo in divisa salì sulla *Duat* col fucile spianato.

Il capitano uscì dalla sua cabina e gli andò incontro sul ponte. Aveva l'aria da duro: volto magro, naso aquilino e modi sbrigativi. Cacciò via i marinai con uno schiocco delle dita e si mise a parlare tranquillo con il severo poliziotto.

L'uomo in divisa controllò i permessi di navigazione, diede una rapida sbirciata al carico e infine indicò Agatha e compagni.

«Dove abbiamo messo i tesserini da giornalisti?» bofonchiò Larry. «Senza quelli, la nostra copertura salta!»

Il capitano continuò a parlottare a bassa voce, poi li richiamò con un eloquente cenno della mano.

«Via, squagliamocela!» esclamò il ragazzo in fibrillazione. «Ci sbatteranno in galera!»

Agatha lo trattenne decisa per la maglietta. «Per la barba della regina, Larry! Un po' di coraggio!» lo incitò. Dovette trascinarlo a forza al cospetto del poliziotto, che stranamente li accolse con un'espressione divertita.

«Vuole essere ripreso dalla BBC» spiegò il capitano. «Fate quello che vi chiede e tenete la bocca chiusa, tanto non parla la vostra lingua.»

«Uh, oh, prontissimo!» disse Larry, impacciato.

Imbracciò la telecamera e inquadrò il poliziotto in varie pose da divo di Hollywood. Un ultimo sorriso a pollici alzati, poi l'uomo risalì con un balzo plateale sulla motovedetta, che saettò via rombando.

Il capitano emise un grugnito all'indirizzo di Larry. «La polizia cercava una banda di contrabbandieri. Non siete voi, vero?»

«Uh, sicuramente no!» rispose lui con un singulto.

«Però, la prossima volta, ricordati di togliere il tappo dall'obiettivo, ragazzo» concluse burbero il capitano. Quindi si accese un sigaro, tirò una lunga boccata e, ciondolando, tornò nella sua cabina.

Mentre Larry maneggiava la telecamera lamentandosi con se stesso per la svista, Agatha riferì al maggiordomo le loro scoperte. Mr Kent ascoltò con attenzione rigirando tra le mani la fotografia.

Nel tardo pomeriggio, finalmente, raggiunsero la sponda opposta del Nilo.

La *Duat* aveva sorpassato l'area dei grandi templi per raggiungere le colline più a nord. Attraccò a un pontile di legno marcio, ricoperto da una vegetazione selvaggia.

Nessuno lo usava più da anni.

I tre compagni di avventura (più altrettanti dromedari e un gatto) scesero rapidamente dal battello e si ritrovarono in una piana coperta di sterpaglie e solcata da rigagnoli melmosi.

«Pensavo che in Egitto ci fosse il deserto» disse Larry, un po' spaesato.

«Il deserto comincia dopo le catene montuose» spiegò Agatha. «Intorno al Nilo le terre sono fertili, soprattutto nel periodo delle piene estive.»

«E tu come fai a saperlo?» Ma subito si diede un colpetto sulla fronte. «Ah, certo, tu sei la reincarnazione di Osiride...» sogghignò.

«Non fare lo spiritoso» rise lei. «Ho semplicemente memorizzato la mappa del territorio.»

«Tu e i tuoi famosi cassetti della memoria!» sbuffò il cugino. «Quindi sai dov'è il sentiero?»

Agatha perlustrò l'acquitrino con lo sguardo, poi aprì le braccia in segno di resa. «Mi sembra tutto piatto e fangoso» sussurrò, delusa.

Mr Kent, che era alto il doppio di lei e possedeva una vista da rapace, indicò una dolce altura poco distante.

«C'è una strada sterrata su quella collina» disse pacato.

«Eccellente, Mr Kent» si complimentò Agatha. «È senz'altro la nostra meta.»

«Sei sicura, cugina?» domandò Larry.

Lei non rispose: era già salita sul dromedario con uno slancio da cavallerizza provetta. Lo spinse alla massima andatura, tanto che Larry e Mr Kent faticavano a starle dietro.

Avanzarono nella desolazione per una buona mezz'ora, quindi imboccarono il sentiero che s'inerpicava sulle cime frastagliate dietro la Valle dei Re.

Agatha dovette fermarsi spesso per aspettare i suoi amici, e ogni volta ne approfittò per scrutare il paesaggio con un piccolo binocolo.

Era tutto un saliscendi, con incroci, svolte e passaggi pericolosi.

«La cattiva notizia è che potremmo perderci» disse la ragazza picchiettandosi un dito sul naso.

«E quella buona?» ansimò Larry, alle sue spalle.

Agatha ripose il binocolo nella tasca della camicetta color cachi. «A quanto pare, nessuna guardia ci ostacolerà» affermò riprendendo il cammino.

Ma si sbagliava.

E di grosso.

All'imbrunire, mentre sostavano in una stretta gola per orientarsi con la mappa, avvertirono dei rumori echeggianti. Alzarono la testa e videro alcune canne di fucile spuntare tra le rocce.

«Fermi dove siete!» gridò qualcuno.

A quell'ordine perentorio, Larry sobbalzò sulla sella. «Questi fanno sul serio» mormorò, terrorizzato. «Stavolta siamo davvero nei pasticci, Agatha!»

5. La tomba numero 66

Una decina di uomini sciamò nella gola. Erano armati, ma nessuno indossava uniformi della polizia o divise militari.

Chi mai potevano essere?

Forse predatori di tombe?

«Ho un brutto presentimento» sussurrò Agatha. «Restiamo calmi e sentiamo cosa vogliono, d'accordo?»

Larry e Mr Kent annuirono senza parlare.

Nella semioscurità del tramonto, le torce elettriche proiettavano coni di luce sottili come lame. Quando Larry venne illuminato, strattonò le briglie del suo dromedario e agitò le mani in aria. «Siamo innocenti!» esclamò. «Ci arrendiamo!»

Quella mossa imprudente fece imbizzarrire il suo animale, che scalciò e se lo scrollò di groppa insieme alla sella, ai finimenti e alle bisacce.

Gli assalitori videro Larry che si contorceva nella ghiaia per liberarsi dalle cinghie e scoppiarono a ridere.

«Caspita, che botta!» gemette il giovane detective.

Poi il brusio venne interrotto da una voce con l'inflessione francese: «Soccorrete il ragazzo, *fellah*!»

La frase era stata pronunciata da un ometto con la barba bianca: era l'anziano egittologo del filmato, il professor Marchand.

Agatha smontò dalla sua cavalcatura e raggiunse lo studioso con passo deciso. «Siamo venuti per la tavoletta scomparsa, professore» lo informò.

Lui fece un'espressione smarrita. «Come dici?» chiese ansioso. «L'agente LM14 è qui?»

«Al suo servizio» rispose Mr Kent scendendo dal suo dromedario.

Ancora intrappolato nelle corde, Larry protestò vivacemente. «Cosa? Uh, no, deve esserci un errore!» tentò di dire. Ma il professor Marchand stava già stringendo la mano del maggiordomo.

«Sono felice del suo arrivo, agente LM14» disse con sollievo lo studioso. «Ci scusi per la pessima accoglienza, sono successe troppe stranezze negli ultimi tempi.»

«Non si preoccupi» disse Mr Kent, impettito.

«A proposito, questo è il mio specialista di geroglifici, il dott…»

«Piacere di conoscerla, dottor Wroclaw» lo precedette Mr Kent, ricollegandolo alla fotografia. Dal vivo il giovane appariva ancora più pallido, con le spalle spioventi e gli occhi liquidi.

«Piacere mio» replicò lo studioso a bassa voce, intimidito dalla massiccia mole del maggiordomo. Poi squadrò Agatha e Larry. «E i due ragazzini chi sono?» chiese, perplesso.

«Anche i detective hanno bravi assistenti» sentenziò Mr Kent.

«Giusto» intervenne Marchand stropicciandosi le mani per la contentezza. Poi si rivolse al gruppetto di aiutanti. «Presto, *fellah*, scortiamo i nostri ospiti al campo base» ordinò.

Quando la comitiva si mosse, Larry corse dietro ad Agatha, protestando a più non posso. «Perché mentire? Il vero detective sono io!»

«Abbassa la voce, cugino.»

«Mi vuoi spiegare cosa vi è saltato in mente, per favore?»

«Semplice» disse lei. «Se Mr Kent li distrae, noi possiamo muoverci in massima libertà.»

Larry ci rifletté per un po', rivolgendo lo sguardo alle prime stelle della notte. «Hai ragione» ammise a malincuore. «Il piano potrebbe funzionare...»

«Vuoi che facciamo una verifica?» gli propose Agatha.

«Uh, di cosa?»

«Ascoltami bene. Il tuo EyeNet riesce a rilevare le fonti di calore?»

«Posso provarci, perché?»

«Attiva lo scanner quando arriviamo al sito archeologico» fece lei. «Secondo i nostri dati, dovrebbero esserci tre studiosi e ventuno scavatori, più il quarto uomo della foto, per un totale di venticinque persone...»

Larry afferrò subito l'EyeNet e pigiò una sequenza

di tasti. «Ho capito, vuoi sapere se manca qualcuno» sussurrò in tono da cospiratore.

«Se c'è stato un furto e la tavoletta è stata portata fuori dall'accampamento, ci saranno anche dei ladri, no?» sorrise Agatha.

Avanzarono per un altro quarto d'ora, salirono lungo una collina sabbiosa e infine raggiunsero il campo base.

Si trovava in una vallata a forma di imbuto, chiusa da pareti a picco. Nel debole chiarore della luna, le tende degli scavatori somigliavano a fantasmi fluttuanti.

Il professor Marchand condusse gli ospiti nel padiglione riservato ai capi spedizione.

All'ingresso della cucina incrociarono il terzo egittologo, un ragazzotto rotondo con la bocca sporca di gelato.

«Lieto di conoscerla, dottor Frank» disse all'istante Mr Kent, ormai calato perfettamente nella parte dell'agente segreto.

Il geologo rimase di stucco, poi inghiottì in un solo boccone quel che restava di un cremino al cioccolato. «Qualcuno ha fame?» biascicò. «Stavo giusto facendo uno spuntino prima di cena...»

Seguì un coro di approvazione.

Mentre i due assistenti sparecchiavano un tavolo ingombro di carte e strumenti di calcolo, Marchand prese a braccetto il maggiordomo e gli mostrò il laboratorio.

Agatha si accostò al cugino. «I conti tornano?» gli bisbigliò all'orecchio.

«Le macchie di calore sono un po' confuse» sussurrò Larry. «Così a occhio, ne ho calcolate ventitré: sembra che manchino due persone!»

«Interessante, molto interessante» osservò Agatha.

Poco dopo si sprigionò nell'aria un profumino di würstel rosolati, che vennero serviti con un contorno di patate croccanti.

Al ritorno di Marchand e Mr Kent, tutti si sedettero a tavola e consumarono la cena in un silenzio carico di attesa. Watson si appostò sul grembo della sua padroncina e con una zampata arraffò mezzo würstel dal piatto di Larry.

Lui non si accorse di niente.

Agatha decise che era arrivato il momento di rompere il ghiaccio. «Stavate cercando i due scavatori scomparsi quando ci avete incontrato?» domandò, candida.

Gli studiosi si scambiarono un'occhiata allibita.

«Come sapete dei *fellah*?» chiese Marchand pulendosi la bocca nervosamente. «Non ne abbiamo parlato con nessuno!»

«È il nostro mestiere» intervenne secco Mr Kent. «Siamo qui per indagare.»

L'anziano egittologo era al settimo cielo. «Cosa vi avevo detto?» esclamò rivolto ai suoi assistenti. «Gli investigatori della Eye International sono i migliori al mondo! Vedrete che verremo a capo di questo mistero!» Poi tornò a fissare Mr Kent. «Da dove preferisce cominciare, detective?»

«Dall'inizio, ovviamente.»

Alla luce delle lanterne alogene, il professor Marchand iniziò a raccontare la successione degli eventi da quando erano partiti per la Valle dei Re, all'incirca un mese prima.

Marchand e i suoi assistenti avevano seguito le indicazioni di un antico papiro, conservato al museo del Cairo, che parlava di un faraone maledetto. La sua tomba, la numero 66 secondo la classificazione delle autorità egiziane, doveva trovarsi nella valle. Avevano subito cominciato i lavori di scavo: giorni e giorni sotto il sole bruciante senza trovare neanche un misero coccio. Fino a quando Tafir, il direttore degli scavi, aveva lanciato un grido di esultanza. Tutti erano accorsi per vedere cosa avesse scoperto, ed erano rimasti a bocca aperta di fronte alla grossa tavoletta d'argilla che affiorava dalle rocce calcaree.

«Tafir» mormorò Agatha tra sé. «Ecco il nome del quarto uomo!»

Voleva dirlo subito a Larry, ma a quel punto prese

la parola il dottor Frank, che descrisse con astrusi paroloni le tecniche usate per recuperare il reperto. A causa della consistenza dell'argilla, estrarre la tavoletta aveva richiesto un'attenzione chirurgica. Era stata trasportata nel laboratorio per le analisi solo una settimana dopo.

«Ci siamo accorti subito che era una scoperta sensazionale» intervenne allora il dottor Wroclaw. «Giuro che in tutta la mia carriera non avevo mai visto niente di simile!»

«Si riferisce ai geroglifici al contrario?» domandò Agatha a bruciapelo.

Ancora una volta, sul volto dei tre studiosi si dipinse un'espressione esterrefatta, segno che la supposizione di Agatha era corretta.

«Già, i geroglifici» ammise cupo Wroclaw. «Terminata la pulitura della tavoletta, quella notte mi sono messo a decifrare qualche frase...»

«E qual era l'argomento?» lo interruppe Mr Kent.

«Una tomba sontuosa che i sacerdoti avevano

trasferito segretamente in questa valle dopo una sommossa popolare» mormorò Wroclaw. «Purtroppo non ho fatto in tempo a scoprire la posizione dell'ingresso.»

«A quell'ora crollavamo dal sonno, capite?» continuò per lui il professor Marchand. «Quindi abbiamo deciso di proseguire lo studio l'indomani.»

«Ma la mattina dopo la tavoletta era scomparsa» puntualizzò Agatha.

«E i due scavatori... *puff!*... si erano volatilizzati» ironizzò Larry.

La reazione di Wroclaw fu rabbiosa. «Vorrai dire quei due *spregevoli ladri*, ragazzino!» disse battendo il pugno sul tavolo. «Ci hanno soffiato il reperto sotto il naso, mentre noi dormivamo!»

Larry corrugò la fronte, un po' intimorito, mentre Frank agguantava un altro cremino dal frigorifero e lo scartava, nervoso.

La tensione divenne palpabile.

«La prego di non trarre conclusioni affrettate,

dottor Wroclaw» disse pacato Mr Kent. «L'indagine è solo all'inizio.»

Agatha confermò con un cenno della testa. «Qualcuno li ha visti fuggire?» chiese.

Sollecitato dalla domanda, Marchand cominciò a camminare intorno al tavolo. «Quella notte montavano la guardia Tafir e tre operai» raccontò. «Li abbiamo interrogati, ma sostengono di non aver notato nessuno al posto di blocco.»

«Scommetto che i ladri si sono arrampicati sulle colline» ringhiò di nuovo il dottor Wroclaw. «Giuro che se li prendo...»

«Bene, questo è il quadro della situazione» concluse in tutta fretta il professor Marchand. «Come possiamo aiutarvi, gentili signori?»

Agatha tamburellò con le dita sulla punta del naso, come faceva sempre quando la sua immaginazione galoppava.

Dopo qualche secondo fece un largo sorriso.

«Per prima cosa dobbiamo consultarci in privato»

disse. «Se non vi dispiace, torneremo fra poco per spiegarvi come intendiamo procedere.»

Gli studiosi non poterono fare altro che assentire.

I tre detective, allora, si alzarono dalle sedie e uscirono dal padiglione con professionale distacco.

6. La maledizione del faraone

Appena furono usciti dal padiglione, Agatha cominciò a camminare avanti e indietro, riflettendo a testa china, con la frangetta che le ricadeva davanti agli occhi. «Qualcosa mi sfugge» mormorò tra sé. «Non so ancora che cosa, ma una bella camminata potrebbe schiarirmi le idee» concluse risollevando la testa. «Quindi propongo di perlustrare subito il sito archeologico.»

Larry e Mr Kent la seguirono qualche passo indietro, facendole luce con le torce elettriche. Passarono davanti a una baracca degli attrezzi, dietro la quale era parcheggiata una jeep scappottata verde militare.

CAPITOLO 6

Raggiunsero la cava dove era stata rinvenuta la tavoletta: era transennata da un reticolo di filo spinato con il cartello *SOLO PERSONALE AUTORIZZATO*. Proseguirono rasenti alle pareti a picco delle colline, superando un tratto di terreno roccioso che terminava nell'unico ingresso della vallata.

Lì c'era il posto di blocco, vigilato da un gruppetto di *fellah* armati di fucile.

In venti minuti avevano compiuto un giro completo del perimetro, ma Agatha non sembrava soddisfatta. Si arrampicò agilmente su una grossa roccia piatta e si guardò intorno pensosa.

Mr Kent e Larry sapevano che il suo cervello stava lavorando a pieno ritmo.

«C'è un'unica possibilità!» esclamò d'un tratto Agatha.

«Che possibilità?» le chiese Larry.

Agatha saltò giù dal masso. «Due cose» cominciò. «Prima di tutto, è evidente che i due scavatori se ne sono andati in tutta fretta senza passare dal posto di blocco. Il che li rende molto sospetti» concluse. «Secondo...»

«Secondo?» ripeté Larry che pendeva dalle sue labbra.

«Quei due hanno sicuramente un complice» disse Agatha chinandosi per accarezzare Watson.

«Un complice?!» si stupì il giovane detective. Si sfregò i capelli con la mano, in totale confusione. «E cosa te lo fa credere?»

«Partiamo dal movente, Larry» spiegò Agatha. «Ammettiamo che i due scavatori abbiano trafugato la misteriosa tavoletta. Cosa se ne fanno?»

«Uh, non saprei» balbettò lui. «Potrebbero venderla a un collezionista, oppure piazzarla sul mercato nero.»

«Non è una parure di gioielli, caro cugino» gli fece notare Agatha. «Solo un esperto può conoscere il suo reale valore.»

Lui si accasciò su un pietrone. «In effetti, perché rubare una tavoletta piena di oscure iscrizioni?»

sospirò. «Anche se è un reperto interessante, serve solo per trovare la tomba...»

«Esatto» disse soddisfatta Agatha. «In più, il ladro deve essere una persona che sa quanto è delicata la tavoletta. Se quei due si sono inerpicati su per queste colline così ripide, devono aver preso molte precauzioni per evitare di romperla. Qualcuno con una certa esperienza deve aver spiegato loro come fare» concluse. «Quindi la lista dei sospetti si riduce a quattro persone: Tafir e i nostri amici egittologi, ovviamente!»

«Ma... ci hanno chiamato loro!» protestò Larry. «Come possono essere complici di un furto?»

«Tutti e quattro sono esperti in materia, e ognuno ha delle buone ragioni per tenersi la tavoletta tutta per sé.» Agatha si interruppe per osservare i suoi compagni.

L'allampanato cugino si stava passando freneticamente una mano fra i capelli, mentre Mr Kent si massaggiava la mascella squadrata.

«Ho capito» disse Larry alla fine. «Chi troverà per primo la tomba del faraone maledetto entrerà di diritto nell'olimpo dell'archeologia.»

Mr Kent fu più sbrigativo. «Il piano, Miss Agatha?» domandò.

La ragazza soppesò con cura le parole. «Ascoltate bene. La cosa migliore è separare i sospettati in due gruppi, da una parte Tafir e dall'altra gli egittologi. Bisogna tenerli occupati mentre cerchiamo delle prove schiaccianti per incastrare il complice.»

Larry e Mr Kent convennero che era un'ottima idea.

C'era solo un grosso ostacolo.

«Come facciamo a separarli e tenerli impegnati, cugina?»

«Inventiamoci qualcosa» propose Agatha sedendosi. «Dunque dunque...»

I tre detective confabularono animatamente per qualche minuto, consultando più volte le mappe satellitari sul congegno di Larry.

Alla fine ne vennero a capo: era una soluzione rischiosa, ma dovevano prendere in pugno la situazione e risultare convincenti.

Con un cenno di intesa, imboccarono sicuri la stradina di selciato tra le tende degli operai, che stavano russando come un'orchestra di tromboni stonati.

«Eccoli che tornano» annunciò il dottor Frank girandosi verso i colleghi in cucina.

Si rimisero tutti seduti intorno al tavolo, e Agatha attaccò in tono formale il discorso che avevano pianificato. «Grazie alle immagini satellitari, l'agente LM14 ha individuato i due fuggitivi nella piccola oasi di Abu Siban, cinquanta chilometri a est di qui, in mezzo al deserto.» Stava mentendo spudoratamente, senza però darne l'impressione. Era un'altra delle abilità di Agatha.

«Domattina prenderemo jeep e fucili» proseguì Mr Kent, reggendo il gioco alla perfezione. «Li coglieremo di sorpresa e torneremo con la tavoletta prima di sera.»

Gli studiosi lanciarono un grido di esultanza. Strinsero la mano al maggiordomo e gli diedero delle pacche sulle spalle. Solo il dottor Wroclaw non osò avvicinarsi troppo all'imponente detective.

«Intanto noi ci metteremo al lavoro nel laboratorio» si rallegrò il professor Marchand, che pareva ringiovanito di vent'anni. «E finalmente scoveremo il sepolcro del faraone!» Ma la sua felicità si spense quando Agatha scosse la testa.

«Caro professore» spiegò educata. «L'agente LM14 ha bisogno del vostro supporto nella missione.»

«Cosa!?» sibilò il dottor Wroclaw. «Perché proprio noi?»

«Voi conoscete i due scavatori e parlate la loro lingua» osservò Agatha.

Mr Kent irrigidì la tozza mascella. «Preferite rischiare che i ladri ci sfuggano ancora?» li esortò con un vocione che non lasciava spazio alle repliche.

I tre studiosi smisero immediatamente di lamentarsi.

«Bene, adesso che tutto è deciso, passiamo alle cose importanti» intervenne Larry. «Dove dormiamo noi stanotte?» Si era appoggiato con la schiena al congelatore e sbadigliava a ripetizione.

Agatha colse l'occasione al volo. «Potremmo alloggiare nella tenda degli scavatori scomparsi» propose a Marchand. Quella sarebbe stata l'occasione perfetta per cominciare subito le indagini. «Oppure è occupata da altri ospiti?»

«No, no, è libera» tentennò lui. «Ma l'abbiamo messa a soqquadro, c'è un disordine tremendo!»

«Nessun problema» disse Agatha ammiccando.

«Vi faccio subito accompagnare dal dottor Frank, allora» replicò il professore. «Va bene la colazione alle sette, domattina?»

Agatha tirò Larry per un braccio. «Meglio le sette e mezzo, conoscendo questo pigrone» disse scherzosa.

Tutti si augurarono la buonanotte.

Il dottor Frank prese un altro cremino e li scortò fuori dal padiglione fischiettando spensierato.

In fondo alla fila camminava Mr Kent, con le bisacce e una sedia pieghevole che aveva preso in cucina.

Tra un morso e l'altro, il dottor Frank riempì Agatha di complimenti. «Un acume sbalorditivo! *Gnam, gnam!* Un fiuto eccezionale!» diceva. «Come siete riusciti a rintracciare i ladri così presto?»

«Tutto merito del nostro maestro» si schermì lei lanciando un'occhiata al fidato maggiordomo.

«Anche modesta, la signorina!»

Lo studioso ridacchiò e la pancetta flaccida gli traboccò dalla camicia. Poi si fermò davanti a una tenda tutta sghemba e aprì la cerniera con un colpo secco. «Ecco la vostra reggia!» disse. «Se vi serve dell'acqua, laggiù c'è la cisterna. Sogni d'oro, gente!»

Prima di unirsi ai compagni, Agatha lo guardò allontanarsi col suo passo da elefantino.

«Se n'è andato finalmente» sussurrò affacciandosi nella tenda.

Larry già ronfava disteso su una brandina, mentre Mr Kent si era sistemato sulla sedia pieghevole.

«Cosa state facendo, poltroni?» li sgridò Agatha. «Ho chiesto di alloggiare qui per cercare degli indizi! Non per dormire!»

Mr Kent spalancò gli occhi e scattò in piedi. «Certo, Miss Agatha!» disse fulmineo.

Larry invece non si mosse di un millimetro. «Non possiamo rimandare a domani?» si lamentò con voce cavernosa.

«No, Larry.»

Con le palpebre ridotte a due fessure, il ragazzo si spostò in un angolo della tenda, ciondolando come una mummia. «Scusate, non mi reggo in piedi...» aggiunse, prima di crollare sui vestiti lasciati dagli scavatori.

Un attimo dopo dormiva di nuovo.

«Dovremo arrangiarci da soli, Mr Kent» sospirò Agatha.

Lui annuì e illuminò la tenda con la torcia.

Nel disordine generale, notarono un intero campionario di suppellettili egizie: calici, piccole anfore, sottobicchieri e statuette con raffigurati faraoni e divinità.

«Molto curioso» commentò il maggiordomo.

Agatha capovolse una statuetta e si mise a ridere quando notò l'etichetta *MADE IN CHINA*. «Mi sa che i nostri operai erano anche dei venditori di souvenir» osservò lei tamburellando con le dita sulla punta del naso. «Detto tra noi, questo particolare mi fa pensare...»

CAPITOLO 6

«*ARGHHHH!*» urlò in quel momento Larry. «Maledetto gattaccio!»

Watson andò a rifugiarsi dalla padroncina. «Cos'è successo?» chiese Agatha.

«Quella bestiaccia mi stava leccando un orecchio!» strillò Larry. «Sentite qui… è tutto umido!» Si interruppe.«Perché mi guardate così?» domandò.

Agatha staccò un foglietto che gli era rimasto incollato alla guancia.

Larry, intanto, si stava guardando intorno, curioso. «Cosa sono tutti questi souvenir?» chiese.

La ragazza depositò la statuetta che aveva in mano ed esaminò il foglietto. Sopra c'era scritta una frase minacciosa, composta con dei ritagli di giornale.

MISERI FELLAH,
LA MALEDIZIONE DEL FARAONE
VI COLPIRÀ SE NON VE NE
ANDRETE ENTRO L'ALBA.

Agatha sentì un tuffo al cuore.

«Questo cambia tutte le carte in tavola» mormorò, eccitata. «La tavoletta è ancora qui! Nessuno l'ha rubata! È ancora qui!»

7. In Egitto fanno tutto al contrario

La mattina dopo i tre detective si svegliarono con gli occhi gonfi di sonno, ma sapendo di aver fatto notevoli passi avanti nell'indagine.

La scoperta del messaggio scritto con i ritagli di giornale scagionava i due operai.

Agatha, una volta, aveva letto un libro sulle maledizioni egiziane. Quella del faraone Tutankhamon, per esempio, era la più famosa. Era evidente che i due poveretti avevano lasciato lo scavo in tutta fretta e senza dire niente a nessuno, terrorizzati dalla maledizione.

Non erano loro i ladri della tavoletta.

La conclusione, quindi, era una sola: il prezioso reperto era ancora nascosto nel campo.

«Devi trattenere gli egittologi il più possibile» raccomandò Agatha a Mr Kent. «Se troveremo la tavoletta scomparsa, sapremo anche chi l'ha rubata, vero, Larry?»

«Uh, oh? Cosa?» fece il ragazzo, ancora mezzo addormentato.

«Certamente, Miss Agatha» rispose il maggiordomo mentre si allacciava il cravattino alla James Bond.

Erano le 7.25.

Si recarono nello spiazzo davanti al padiglione, dove il dottor Frank stava servendo la colazione agli egittologi seduti a un tavolino rotondo. Indossava un buffo grembiulino bavarese.

«Caffè nero e krapfen al cioccolato» ridacchiò bonario. «Ci vuole una bomba energetica per affrontare una missione come questa!»

Il dottor Wroclaw sembrava disgustato. «In Polonia facciamo la colazione con frittata, würstel e insalata russa» commentò, acido.

Marchand tracannò una tazza di caffè e si allontanò per parlare con Tafir. «Mentre noi siamo via, lui si occuperà della sicurezza qui al campo» spiegò.

I due cugini Mistery si scambiarono un'occhiata di intesa.

Al ritorno del professore, Mr Kent aveva già acceso il motore della jeep. Wroclaw teneva la schiena dritta e il fucile a tracolla. Frank invece si era portato dietro una vaschetta di gelato confezione famiglia, che presto si sarebbe squagliato sotto il sole.

«Possiamo partire, detective» annunciò Marchand salendo in auto. «Arrivederci, ragazzi!»

«*Bon voyage!*» lo salutò Agatha.

Un attimo dopo la jeep sgommò sulla ghiaia e scomparve in un gran polverone.

«Adesso tocca a noi!» esclamò la ragazza, felice.

«Come ci organizziamo?» domandò Larry. «Dobbiamo evitare che Tafir ci stia alle costole!»

«Hai ragione» disse lei. «Prima faremo un giretto alla cava, poi perlustreremo il resto del campo per cercare degli indizi.»

E così fecero.

Raggiunsero il bancone di Tafir, sotto una tettoia di fianco allo scavo. Gli operai spaccavano le pietre a picconate, poi gli portavano secchi ricolmi di sassolini frantumati. Lui li controllava con un monocolo da orefice e faceva ripulire il bancone da altri operai.

Tutto il materiale scartato veniva ammucchiato in una montagnola poco distante, fuori dall'area transennata.

«Buongiorno, signor Tafir» disse Agatha. «Come procede il lavoro?»

«Come al solito» sbuffò il direttore. «Niente di interessante.»

«Larry e io abbiamo la giornata libera, vuole che l'aiutiamo?»

«Avete letto il cartello?» rispose lui senza alzare mai lo sguardo. «Dice: *SOLO PERSONALE AUTORIZZATO.*»

Agatha finse una profonda delusione. «Che peccato, ero curiosa di imparare il suo nobile mestiere.»

Tafir si tolse il monocolo e fissò i due ragazzi. «Magari dopo pranzo vi insegno come si riconosce un reperto» concesse. «Ma ora lasciatemi lavorare…»

«Grazie mille, signor Tafir!» disse allegramente Agatha. «Davvero gentile da parte sua!»

Lui inforcò nuovamente il monocolo.

Agatha e Larry se ne andarono sapendo che avevano via libera almeno fino all'ora di pranzo: nessuno avrebbe controllato le loro mosse.

«Da dove cominciamo, cuginetto? Dalla tenda di Tafir o dal padiglione?» chiese Agatha.

«A scuola ci hanno insegnato a escludere per prime le ipotesi più remote» rispose Larry. «Quindi suggerisco il padiglione.»

«Le camere o il laboratorio?»

«Cominciamo dalle camere.»

Entrarono nel padiglione con gli occhi dilatati dalla curiosità: era la prima volta che si aggiravano da soli nelle stanze degli egittologi. Superarono la cucina e si diressero veloci nel reparto notte.

Lo spazio era diviso da tre séparé di giunchi intrecciati; c'erano tre letti, tre comodini e tre piccoli guardaroba.

Agatha lanciò uno sguardo interrogativo al cugino. «E adesso, cosa consigliano alla scuola di detective?»

«Cercare sempre nei posti più banali» rispose Larry con un sorriso. «Vuoi controllare se ho seguito bene le lezioni, Agatha?»

«Un ripasso non fa mai male!»

Controllarono sotto i letti, trovando solo un tappetino di polvere. Tastarono i materassi e i cuscini. Nulla. Allora aprirono i guardaroba, verificando che non ci fossero doppifondi.

Niente di niente.

«È difficile che la tavoletta sia nascosta proprio

qui» commentò la ragazza. «Però potrebbero esserci degli indizi...»

Larry rovistò accuratamente nei cassetti. Nel comodino di Marchand, sotto un plico di fogli, trovò una vecchia pistola a tamburo, carica e ben oliata. «Che strano modello» disse, senza toccarla. «Prendila, sei tu l'esperta.»

Agatha la raccolse con un fazzoletto, per non lasciare impronte, e la esaminò.

Larry sapeva già cosa stava per dire. «Hai aperto un cassetto della memoria, cugina?» chiese ironico.

Lei sorrise, stando al gioco. «Se la memoria non mi inganna, cugino, questa è una Luger tedesca della seconda guerra mondiale. C'è un'enciclopedia sulle armi nella biblioteca a Mistery House» spiegò. «Forse il professore è un collezionista di pistole d'epoca.»

«Per il momento, questa è l'unica stranezza degna di interesse» le fece notare Larry. «Perché Marchand dovrebbe aver bisogno di una pistola? Forse vuol dire che ha cattive intenzioni...»

Agatha confermò con un cenno della testa e ripose l'arma nel cassetto.

Trascorsero un'altra mezz'ora a passare in rassegna gli effetti personali dei tre studiosi, leggendo quaderni, lettere e contratti bollati, poi si avviarono al laboratorio.

Era la stanza più grande di tutto il padiglione, piena di libri e strumenti per l'analisi dei reperti archeologici: microscopi, bilance elettroniche, centrifughe, lampade a infrarossi e uno stuolo infinito di siringhe, pipette, pinze e reagenti chimici.

«Io controllo gli armadietti» propose Larry.

«Ottimo, cugino» disse Agatha, un po' stupita da tanta intraprendenza. «Ma stiamo attenti a non lasciare tracce.»

Presero un paio di guanti sterili ciascuno dal banco da lavoro e li indossarono.

Fin da quando era piccola Agatha si divertiva a giocare nel laboratorio dei suoi genitori e aveva una certa dimestichezza con i metodi di analisi. Qui sembrava che tutti i macchinari fossero stati spenti dopo il furto della tavoletta. C'erano mille indizi da raccogliere, ma una ricerca a tappeto avrebbe richiesto molto tempo.

A mezzogiorno fecero il punto della situazione.

«Hai trovato qualcosa?» domandò Larry. «Io niente…»

«Purtroppo no, ci vorrebbe un secolo per esaminare tutto...»

«Ma a noi resta solo un giorno e mezzo, poi mi bocceranno» le ricordò il ragazzo, abbattuto.

Agatha cercò di confortarlo. «Guarda il lato positivo. Se qui non c'è niente, è probabile che troveremo qualcosa nella tenda di Tafir...»

«Ok, allora procediamo!»

Agatha gettò i guanti nel cestino e fece per seguirlo fuori dal laboratorio. Sulla soglia si girò per chiamare Watson.

Il gatto era ancora acciambellato sul banco da lavoro. Aveva la pelliccia tutta impolverata.

«Aspetta, Larry!» esclamò. «Mi è venuta un'idea!» Afferrò la lampada a infrarossi e l'appoggiò sul banco. Quando premette l'interruttore, Watson corse via con la coda dritta.

«Cosa stai facendo, cugina?»

«Perché non ci ho pensato prima?» mormorò Agatha. «La tavoletta è stata qui sopra per un giorno intero!»

«E quindi?»

«La lampada a infrarossi potrebbe individuare delle particelle di argilla» spiegò. «Sta' a guardare!»

Dopo pochi secondi, un leggero pulviscolo apparve agli angoli del tavolo da lavoro.

Agatha alzò le braccia in segno di vittoria. Senza perdere altro tempo, aspirò la polvere con una siringa e la mise in una fialetta dentro la centrifuga. «Questa specie di trottola rotante ci dirà l'esatta composizione chimica» affermò soddisfatta.

«A cosa ci serve la composizione chimica, scusa?» chiese Larry, un po' smarrito.

«A trovare la tavoletta, caro cugino!»

Quando la centrifuga si arrestò e sul display comparve una sequenza numerica, il volto di Larry si illuminò. «Sei un genio, Agatha!» disse prendendo l'EyeNet. Fece scorrere in tutta fretta le schermate del congegno. «Devo solo configurarlo» mormorò. «Un attimo che trovo la funzione!»

Quando fu pronto, Agatha gli dettò la sequenza di numeri. Poi uscirono dal padiglione senza perdere d'occhio il piccolo monitor, aspettando che comparisse un segnale.

Larry cominciò ad aggirarsi per il sito, tallonato da Agatha, finché, quando furono vicini alla cava, l'EyeNet emise un inequivocabile *BLIP!*

«Alla cava!» gridarono insieme i cugini Mistery.

Si misero a correre a perdifiato. Tutti gli operai stavano pranzando, tranne Tafir che scrutava una pietruzza col monocolo.

I due detective si accucciarono a terra e proseguirono a carponi, riparati dalle file di tende. Con-

trollarono di nuovo l'EyeNet: il segnale proveniva dalla montagnola formata dai sassolini di scarto. Bene, non sarebbero stati costretti a oltrepassare il filo spinato. Senza farsi notare, raggiunsero il lato posteriore della montagnola.

«La tavoletta è qui sotto, scaviamo!» sussurrò Larry. Depose a terra il suo congegno e affondò le mani nel pietrisco, scavando numerose buche. Quando cominciò ad ansimare per la fatica, si girò verso Agatha, che stava ferma con l'EyeNet tra le mani.

«Perché non mi aiuti?» le chiese.

Agatha sembrava delusa. «Larry, guarda bene l'EyeNet» sussurrò passandogli il congegno.

Il cugino osservò lo schermo e ammutolì all'istante: segnalava la presenza di argilla in un'area troppo ampia per una tavoletta.

«È stata polverizzata» disse Agatha. «Non esiste più. Qualcuno l'ha distrutta.»

Lui si lasciò cadere all'indietro e fissò il cielo azzurro. «Fine dell'indagine» sospirò, amaro. «E fine della mia carriera di detective.»

Restarono in silenzio per vari minuti.

Poi, con la coda dell'occhio, Larry notò che Agatha stava raccogliendo dei piccoli cilindretti tra i sassi.

«Hai visto queste candele?» chiese la ragazza. «Sono state accese dalla parte sbagliata...»

«Uh? Cosa intendi?»

«Hanno il fusto consumato, mentre lo stoppino è integro.»

Il cugino raccolse uno dei mozziconi di candela che erano sparsi tra i sassi. «Sarà un'usanza egiziana» commentò con un filo di voce. «Qui fanno tutto al contrario...»

Agatha lo guardò. «Che cosa hai detto, Larry?» chiese.

«Che fanno tutto al contrario, qui in Egitto» ripeté lui, spazientito.

Agatha si portò le mani alla fronte, come folgorata.

«Ma certo!» esclamò. «Al contrario! Ecco la soluzione dell'enigma!»

8. L'INDIONIGRO COLPISCE ANCORA

Alle sette di sera, la jeep guidata da Mr Kent aveva cominciato a sbandare in mezzo a una furiosa tempesta di sabbia che si era alzata a mezzogiorno nella piccola oasi di Abu Siban.

Il gruppetto formato da Mr Kent e dai tre egittologi aveva sostato nel palmeto il tempo necessario a perlustrare l'unico edificio di mattoni e il pozzo antistante.

Non c'era nessuno.

«I ladri sono scappati» si era arrabbiato il dottor Frank. «Abbiamo percorso tutta questa strada per niente!»

Sogghignando di nascosto, Mr Kent aveva suggerito di rientrare al campo base per raccogliere nuove immagini satellitari.

Sulla via del ritorno, la sabbia si sollevava in vortici così alti che offuscavano la visuale.

D'un tratto il professor Marchand tese il braccio in avanti. «Attenzione alle rocce, agente!» urlò.

Sui sedili posteriori, Wroclaw e Frank si ripararono istintivamente il volto, sicuri che sarebbero andati a sbattere contro i massi che intralciavano la strada.

Mr Kent invece dribblò l'ostacolo come un provetto pilota di rally. «Non preoccupatevi, signori» disse con voce ferma. «Quando raggiungeremo le colline, saremo al sicuro.»

Come aveva previsto, la furia della tempesta si placò appena giunsero alle prime colline e, dopo un'ora di rampe e sterzate, la jeep inchiodò davanti al padiglione.

Erano le otto di sera e soffiava un venticello caldo.

Mentre scendevano dalla jeep, gli egittologi tossivano ancora e si scrollavano la sabbia dai vestiti.

«La tavoletta?» li incalzò subito Agatha. «Gli scavatori?»

«Missione fallita» brontolò Wroclaw. «Nell'oasi non c'era anima viva.»

Gli altri due studiosi si limitarono a un sospiro.

Agatha finse di essere affranta, poi si voltò per strizzare l'occhio al suo maggiordomo.

«Sono fuggiti» disse Mr Kent ad alta voce. «Devo richiedere all'agenzia nuove immagini sui loro spostamenti.»

«Prima datevi una rinfrescata, signori» propose Agatha. «Larry sta sfornando uno stupefacente pasticcio di carne!»

Gli studiosi annusarono la piacevole fragranza che arrivava dalla cucina e sgambettarono nel loro alloggio per un rapido cambio di vestiti.

Nel frattempo Agatha e Mr Kent confabularono sottovoce con Larry. La ragazza informò il maggiordomo delle loro scoperte e gli chiese dove fossero i fucili.

«Sono ancora sulla jeep, Miss Agatha» rispose lui. «Se vuole, vado a prenderli.»

Ma il professor Marchand irruppe nella cucina proprio in quel momento. «Prendere che cosa?» chiese, sospettoso.

Larry abbassò la testa, fingendo di controllare la cottura del pasticcio, mentre Agatha cercava di inventarsi una scusa.

«Il dessert!» disse sorridente. «Abbiamo preparato un dessert a sorpresa!»

In un certo senso, era vero.

Lei e Larry avevano trascorso l'intero pomeriggio a predisporre la trappola per incastrare il colpevole.

Marchand osservò la tavola apparecchiata con un'espressione inquieta. «Perché c'è un posto in più?» domandò ancora.

Agatha cercò di mantenere il sangue freddo. «Ho pensato di invitare a cena anche il signor Tafir, se non le dispiace» spiegò.

«Niente in contrario» ribatté il professore.

Allora la ragazza si rilassò e aiutò il cugino a servire il pasticcio. Si sedettero anche Wroclaw e Frank, poi arrivò Tafir, che si accomodò in un silenzio imbarazzato.

«Buon appetito» disse Agatha allegramente. Ma, invece di mangiare, si mise a studiare di sottecchi il comportamento dei commensali.

Anche Larry e Mr Kent spiluccavano nervosi dal piatto.

Quando i quattro indiziati finirono il pasto, Agatha si alzò in piedi.

Era giunto il momento della verità.

«Ehm.» Si schiarì la voce aspettando che tutti la guardassero.

«Qualcosa non va, signorina?» chiese bonario il dottor Frank allentandosi la cintura.

«Gentili signori, vi devo raccontare che cosa è successo la notte della sparizione della tavoletta» esordì lei.

Per poco Marchand non rovesciò il suo bicchiere di vino. «Adesso i ragazzini si mettono a fare i detective?» chiese ironico.

Agatha tentennò un istante e cercò gli occhi di Larry e Mr Kent, che le fecero cenno di proseguire.

«La nostra storia comincia il pomeriggio di tre giorni fa, quando finalmente la tavoletta è stata portata nel laboratorio per la pulitura» attaccò decisa. «Mentre il dottor Wroclaw iniziava a tradurre le iscrizioni, fuori si spargeva la voce degli strani geroglifici al contrario e alcuni operai più timorosi cominciavano a sussurrare della maledizione del faraone.»

«Per Anubi, come fai a saperlo?» intervenne Tafir con un'espressione esterrefatta.

Agatha non rispose e rimase concentrata sul suo discorso. «Poco più tardi, due scavatori sono rientrati nella loro tenda e hanno trovato un biglietto che li ha riempiti di terrore» riprese con voce sempre più decisa. «Hanno atteso che arrivasse il buio e sono scappati dal campo inerpicandosi sulle colline.»

«Di cosa sta blaterando!» esclamò Wroclaw. «Quei due ci hanno derubato!»

Agatha scosse la testa e mostrò il biglietto con la frase incriminata. «Gentili signori, questo foglietto è stato messo nella loro tenda da uno di voi quattro!»

Gli studiosi sussultarono sulle sedie e si scambiarono occhiate cariche di tensione e sospetto.

«E come fai a esserne così sicura, signorina?» domandò Frank.

«Qualcuno voleva incolparli del furto, caro dottore!» rispose Agatha, pacata. «Ma andiamo avanti. A notte fonda, stanchi della lunga giornata di lavoro, vi siete ritirati nelle vostre stanze. Uno di voi, però, non si è addormentato. Ha atteso che al campo tutto fosse tranquillo e ha raccolto gli oggetti necessari a realizzare il suo losco piano.» Si voltò verso Marchand. «Per sicurezza, aveva con sé una pistola.»

«Ma di quale pistola stai parlando, signorina?» proruppe l'anziano egittologo.

«Forse la sua, professore?» replicò Agatha. «Detto tra noi, non ha importanza» proseguì. «La meta dell'uomo misterioso era la montagnola giù alla cava, dove vengono ammucchiate le pietre di scarto. Un posto perfetto per assicurarsi che nessuno trovasse più la tavoletta.» Riprese fiato un attimo solo, socchiudendo gli occhi. «L'uomo ha reciso la testa delle candele che aveva portato con sé e ha cominciato pazientemente a sciogliere la cera. Il liquido caldo è penetrato nelle fessure dei geroglifici, riproducendo un calco della tavoletta. In questo modo, le iscrizioni sono state ribaltate nel verso giusto, così da poterle decifrare più facilmente…»

«Ma questa è una follia!» esclamò Marchand. «Si poteva ottenere la stessa cosa usando il computer!»

«Questo è il punto, professore» ribatté Agatha, serafica. «L'intenzione dell'uomo misterioso era cancellare per sempre le iscrizioni della tavoletta. E, infatti, non appena la cera si è raffreddata, ha ridotto il reperto in polvere. Poi ha nascosto la copia nell'unico posto in cui la poteva conservare senza rischiare che si squagliasse. Qui in Egitto fa molto caldo, sapete…»

In quel momento, il dottor Frank saltò in piedi e sfoderò la Luger dalla cintura. Evidentemente l'aveva presa dal comodino di Marchand prima di venire

in cucina. «State tutti fermi» intimò arretrando a piccoli passi verso il congelatore. «Non so come avete fatto a scoprire il mio segreto, ma adesso sarò costretto a usare le maniere forti!»

«Frank!?» si stupì Marchand. «È vero quello che dice la signorina?»

«Certo, professore. Mi crede forse uno stupido?» ringhiò lo studioso. «So bene come vanno queste cose. Una volta trovata la tomba del faraone, lei si sarebbe preso tutto il merito della scoperta, e nessuno si sarebbe ricordato di me. E nemmeno di lei, dottor Wroclaw, sciocco mollusco senza spina dorsale!»

I denti di Mr Kent stridettero: il richiamo del ring stava prendendo il sopravvento. Agatha lo trattenne per un braccio, mentre Frank gli puntava contro la pistola. «Non un passo di più» lo minacciò.

Larry rimase di stucco: questa parte del piano non l'avevano concordata. La situazione stava precipitando, senza controllo.

Agatha cercò di intervenire. «Si calmi, dottor Frank» disse con voce ferma. «Prenda il calco e se ne vada con la jeep. Prometto che nessuno la seguirà!»

Larry cominciò a sudare freddo.

Cosa stava dicendo sua cugina?

Era diventata matta?

«Accetto l'offerta, signorina ficcanaso» sghignazzò Frank. «Tutti contro la parete, zitti e immobili!»

Tirò fuori una corda da un mobiletto e la scagliò ai loro piedi. «Legatevi l'un l'altro, belli stretti!»

Gli altri obbedirono, mentre lo studioso apriva lentamente lo sportello del congelatore.

Qualcuno si mosse.

«Non cercate di fare i furbi, ho detto!» li minacciò il geologo sventagliando nervoso la pistola.

Senza mai staccare gli occhi dai suoi prigionieri, Frank ficcò la mano dentro il congelatore, spostò le scorte di gelati e arrivò fino in fondo, dove aveva nascosto il calco di cera.

«Ahi!» gridò all'improvviso. «Cosa mi ha punto?»

Fece una smorfia di dolore e rimase fermò lì, con gli occhi sbarrati e la pistola puntata in avanti, paralizzato dalla micidiale tossina dell'*Indionigro Petrificus*.

Agatha si liberò i polsi dalla corda e si avvicinò sicura al colpevole. «Zitto e immobile ci starai tu!» disse, allegra, pizzicandogli una guancia.

«Ma cosa gli è successo?» esclamò incredulo il professor Marchand. «Sembra mummificato!»

Il dottor Wroclaw, invece, si accasciò a terra per lo spavento, mentre Tafir pregava con la voce tremante.

Larry e Mr Kent corsero da Agatha, esultanti: senza la sua brillante idea, non sarebbero mai usciti da quella pericolosa situazione.

La ragazza fissò Larry, soddisfatta. «Hai visto, agente LM14?» ammiccò. «Abbiamo risolto l'enigma del faraone!»

MISSIONE COMPIUTA

Nell'aria frizzante del mattino, Agatha e compagni sellarono i dromedari per il viaggio di ritorno. Nello spiazzo davanti al padiglione li aspettavano Marchand e Wroclaw, che per la prima volta mostrava un'espressione serena.

I due studiosi avevano esaminato il calco tutta la notte, fotografando ogni singolo geroglifico.

«Ci vorrà del tempo, forse mesi o anni, ma potete scommetterci: troveremo l'ingresso della tomba del faraone!» disse entusiasta l'anziano professore.

«Non vedo l'ora di leggere l'annuncio sui giornali» si rallegrò Agatha.

Li raggiunse anche Tafir, con la tunica svolazzante. Regalò a ciascuno degli investigatori un simbolo di Anubi, spiegando che era un amuleto contro la cattiva sorte.

I tre lo indossarono e ringraziarono il direttore con un cenno solenne.

Mancava solo il dottor Frank: era stato ammanettato e presto la polizia sarebbe venuta a prenderlo.

Al momento della partenza, Marchand strinse la mano di Mr Kent fino a consumarla. «Grazie ancora, agente» disse con gli occhi lucidi. «Ho riferito alla Eye International del suo eccellente lavoro. Non ho compreso bene la risposta, ma sembravano contenti.»

«Cos'hanno detto?» intervenne Larry, toccato nel vivo.

«Mi pare che abbiano accennato a un esame…»

«Uh, oh!» scalpitò il ragazzo. «E quindi?»

«Sostenevano che era stato superato a pieni voti.»

Larry fece un largo sorriso. «Ottima notizia, professor Marchand!»

A quel punto i tre detective salutarono gli studiosi e il direttore degli scavi e presero la via del ritorno.

Stavolta fu Larry a spingere al galoppo il suo dromedario, tenendo le redini tutto baldanzoso. La notizia della promozione era stata un toccasana per il suo umore.

Quando ebbero superato le colline, si fermò ad ammirare il paesaggio: la lunga sponda del Nilo con i suoi colossali monumenti, le navi da crociera che solcavano il grande fiume, i templi di Karnak e Luxor gremiti di turisti.

Agatha indicò il suo petto con un dito. «Hai una chiamata, cugino» gli disse.

«Uh, cosa?» replicò lui, come risvegliato da un sogno a occhi aperti.

EPILOGO

«L'EyeNet sta suonando, Larry!» ribadì Agatha.

Il ragazzo spostò lo sguardo sulla tracolla, che sussultava e scintillava di mille colori. «Uffa, cosa vogliono adesso?» trasalì. «L'esame non è ancora terminato?»

Si portò il congegno all'orecchio e impostò la voce. «Pronto? Parla l'agente LM14.»

Ascoltò per qualche secondo senza capire, poi cominciò a balbettare. «Uh, no, non riattaccare» disse. «Sono Larry, certo… sì, sì, scusa ma credevo che fosse uno scherzo!»

Agatha e Mr Kent lo osservarono straniti.

«La chiamata è per te, cugina» fece Larry passandole l'EyeNet. «Tua mamma sembra su tutte le furie!»

La ragazza sollevò un sopracciglio e parlò nel ricevitore. «Pronto, mammina?»

«Ma dove sei finita, Agatha?» domandò Rebecca Mistery in tono carico di ansia. «Siamo appena tornati dalle Ande, abbiamo fatto scalo a Parigi e domani arriveremo a Londra. È tutto il giorno che chiamiamo, ma a casa non risponde nessuno...»

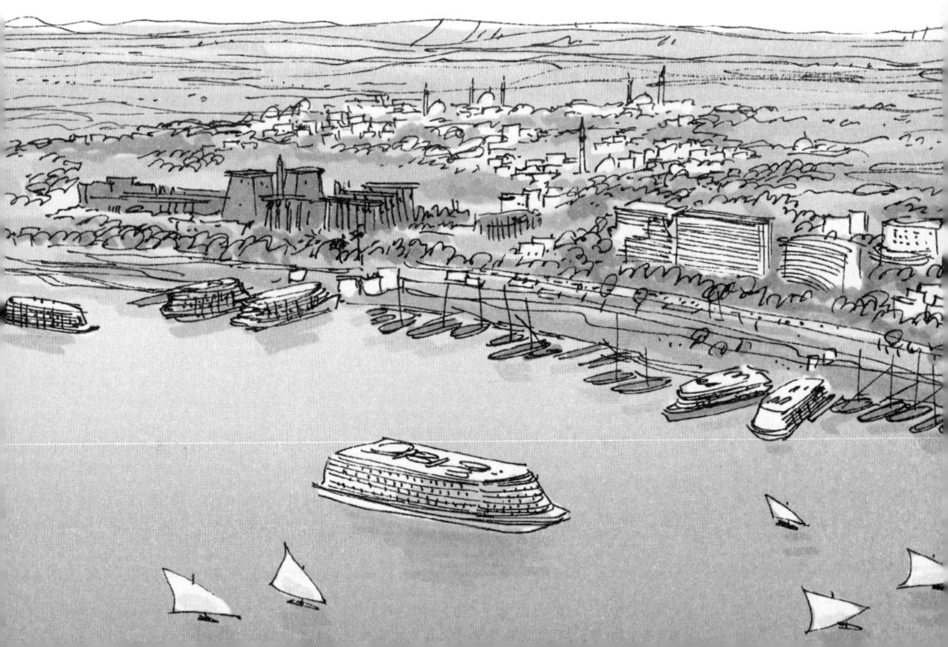

«Sto facendo shopping in centro» mentì Agatha.

«Hai portato anche Watson?»

«Sì, mammina» rispose lei. «Voglio comprargli un collarino nuovo, qualcosa di esotico…»

Agatha si rigirò tra le dita il simbolo di Anubi: una testa di sciacallo.

«E Mr Kent?» la incalzò Rebecca Mistery. «È con te? Come sta?»

«In forma smagliante e silenzioso come sempre!» rise Agatha lanciando un'occhiataccia al maggiordomo. «Adesso ti saluto, ho trovato un negozio di animali all'ultimo grido. Mammina, ci vediamo domani, ok?»

Agatha chiuse la conversazione e si piantò i pugni sui fianchi.

«Tu sapevi che tornavano domani, Mr Kent?» domandò corrucciata.

Il maggiordomo si grattò la fronte. «Me l'ero dimenticato, Miss Agatha» ammise. «Le porgo le mie scuse.»

Era strano osservare un uomo grosso come un armadio in preda a un simile imbarazzo.

«Non fa niente» lo perdonò Agatha. «Sei sempre il mio tuttofare preferito!»

Mr Kent divenne rosso come un peperone.

«Cosa aspettiamo, gente?» intervenne Larry, brioso. «Tiriamo dritti a casa!» Spronò il dromedario con un colpetto sulle natiche, ma invece di andare dritto, l'animale cominciò gradualmente a piegarsi di lato, finché non stramazzò a terra con un gran tonfo.

Le risate di Agatha e di Mr Kent echeggiarono in tutta la Valle dei Re.

Indice

Sir Steve Stevenson

INTRIGO A HOLLYWOOD

Illustrazioni di
Stefano Turconi

Seconda missione

Partecipanti

Agatha
Dodici anni, aspirante scrittrice di gialli, possiede una memoria formidabile.

Larry
Studente pasticcione della prestigiosa scuola per detective Eye.

Mr Kent
Ex pugile e maggiordomo dall'inappuntabile stile british.

Watson
Gatto siberiano pestifero con il fiuto di un segugio.

Zio Bud
Campione di automobilismo a riposo, si diverte a fare lo stuntman nei film di Hollywood.

Destinazione: Hollywood – Stati Uniti

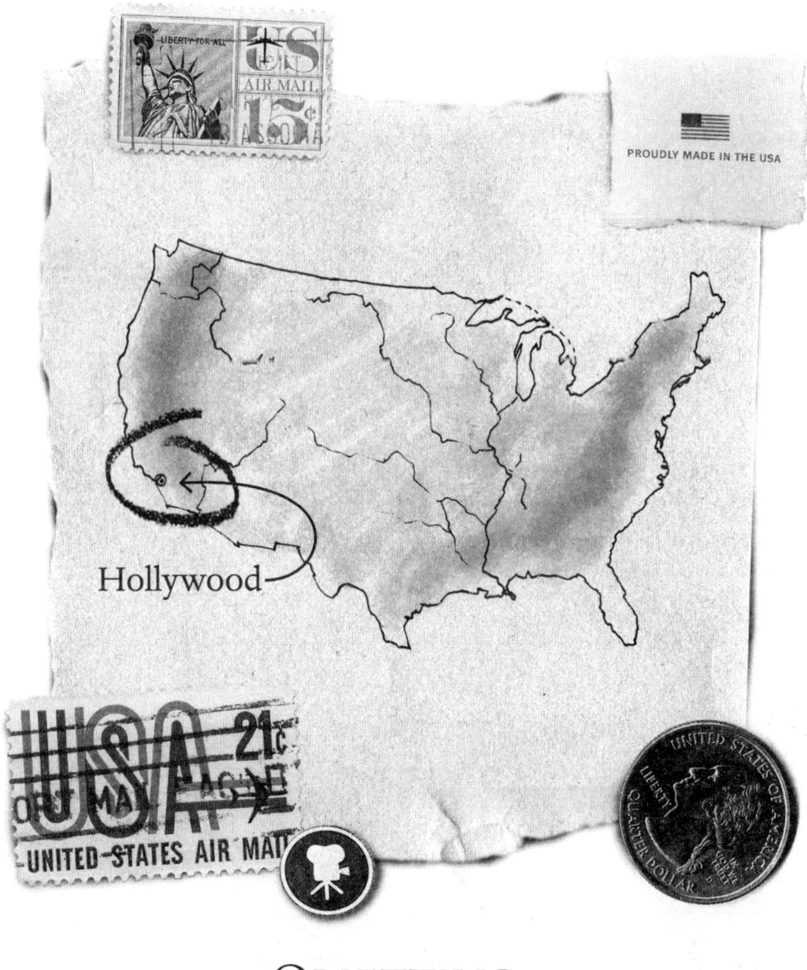

Obiettivo

Scoprire, fra set cinematografici e atmosfere hollywoodiane, l'identità di chi vuole sabotare la realizzazione del film *Errore fatale*.

Dedicato al genere noir, in forma
di libri, film e atmosfere

Grazie a Gianfranco Calvitti per le informazioni sulla storia di Hollywood e i preziosi consigli per elaborare una trama in stile poliziesco. E un abbraccio a Frida, che ogni tanto mi vede scomparire per lunghi giorni, tuffato nelle mie storie.

INIZIA L'INDAGINE

Larry Mistery aveva trascorso una settimana davvero faticosa. Mentre i suoi amici se la spassavano in qualche parco londinese nella frescura di giugno, per lui le vacanze estive dovevano ancora cominciare. Anzi, a dire il vero, forse quell'anno le vacanze non sarebbero proprio iniziate. Da quando si era iscritto alla famosa scuola per detective Eye International, veniva continuamente spedito in ogni angolo del mondo per svolgere indagini spericolate.

Questa volta, però, la stanchezza non era dovuta a una missione investigativa. Mingherlino, nottambulo e allergico alla fatica, Larry aveva semplicemente preso sotto gamba la decisione di frequentare il corso di Arti Marziali della sua scuola.

Quel sabato mattina si sentiva i muscoli ridotti a pastafrolla e le ossa scricchiolanti. Si alzò dal letto trascinando le gambe, divorò tre pancake al cioccolato e, zaino in spalla, lasciò il suo attico al quindicesimo piano di Baker Palace. Erano appena scoccate le otto e la città si stava pigramente risvegliando. Il ragazzo s'infilò in metropolitana e dopo un breve tragitto raggiunse la sua meta segreta. Si trovava in pieno centro, mimetizzata fra palazzine di mattoni.

Larry bussò a un portone di legno decorato con bizzarri ideogrammi orientali. Lo accolse un anziano giapponese: aveva capelli bianchi, lunghi baffi e il corpo avvolto in una casacca da monaco.

«Buongiorno, Scoiattolo Pigro» lo salutò sorridente il *sensei* Miyazaki. «Sei pronto per l'allenamento?»

Senza rispondere, Larry attraversò il giardino zen e raggiunse la pagoda di legno, sbuffando.

Scoiattolo Pigro? Che razza di nomignolo! Per non parlare poi delle metafore sibilline usate dal maestro per spiegare i rudimenti delle arti marziali. Larry aveva sempre sognato di infliggere colpi fulminei alla Bruce Lee, scazzottare con la classe di James Bond, lanciarsi in mosse acrobatiche come gli eroi virtuali di *Matrix*. In quella settimana di esercitazioni, però, non aveva imparato nulla di tutto ciò.

Mentre il *sensei* Miyazaki attendeva a braccia incrociate sotto il pergolato, Larry prese il suo kimono bianco dallo zaino, lo indossò senza fretta e camminò scalzo fino a una grande pietra che si trovava al centro del giardino.

«Possiamo iniziare, maestro… ehm *sensei*?» bofonchiò. «Solita solfa, vero? Devo… liberare la mente dai cattivi pensieri?»

«Le nuvole nere portano sempre tempesta» confermò serio l'anziano monaco. Poi fece ruotare nell'aria i palmi delle mani, chiuse le palpebre e protese il mento all'insù. «Adesso respira… respira…» disse.

«Per quanto tempo dovrei… ehm… respirare?» domandò Larry, prendendo una lunga boccata di ossigeno.

«Fino a quando il tuo cielo non sarà tornato sereno, Scoiattolo Pigro» ribatté il maestro. A quel punto alzò i tacchi e scomparve nella pagoda.

Il giovane detective trascorse le ore successive seduto sulla pietra, nell'assoluta immobilità della posizione del loto. La meditazione zen non faceva proprio per lui: invece di calmarlo, nella sua testa si rincorrevano mille domande. Il *sensei* Miyazaki era forse un agente della Eye International? E, se lo era, perché non gli insegnava a combattere, a difendersi e a lanciare calci volanti? E soprattutto, domanda ancora più pressante, a che ora si pranzava?

Si accorse di essersi assopito solo quando, verso mezzogiorno, uno schioccare di dita lo svegliò improvvisamente.

«Uh-oh!» scalpitò. «Che cosa succede?»

Davanti a lui, l'anziano monaco stava sgranocchiando un cracker in tutta tranquillità. «È giunto il momento della prima prova della giornata» annunciò. «Il nome di questa antica tecnica è Torsione dell'Anguilla.»

«Come? Cosa?» protestò Larry alzandosi di scatto. «Non facciamo nemmeno la pausa pranzo?»

I baffoni del *sensei* Miyazaki vibrarono per il disappunto. «Questo non è un ristorante, Scoiattolo Pigro» affermò, inflessibile. «Sei qui per imparare… *crunch crunch*… non certo per abbuffarti.»

Larry avvertì un rumore cavernoso nello stomaco, ma decise di obbedire al maestro. Se voleva andarsene da lì il prima possibile, l'unica strada era accontentare le sue richieste. Girato l'angolo della pagoda, però, rimase di stucco. Nello spiazzo c'era una selva di funi assicurate a robusti pali di bambù. Le corde erano tese a varie altezze e legate molto vicine tra loro. «E questo cosa sarebbe?» chiese allarmato.

Le labbra del maestro Miyazaki si stirarono in un sorrisetto beffardo. «Per liberarti dai tuoi avversari, devi scivolare dalla loro presa, proprio come un'anguilla» rispose con l'indice alzato. «Completa il tragitto fino al lato opposto, senza mai toccare le corde... se ce la fai!»

Larry fece scrocchiare le nocche con decisione. Voleva dimostrare il suo valore superando l'esame senza intoppi. Affrontò la prima fune chinando la testa di scatto, poi fece perno sul piede per oltrepassare la seconda, quindi fletté le spalle all'indietro e sfilò sotto il terzo ostacolo. «Un gioco da ragazzi!» esclamò spavaldo saltando il successivo.

Mentre gongolava fra sé e sé, sentì un trillo fortissimo provenire dal suo zaino abbandonato chissà dove. Dentro una tasca era custodito il prezioso dispositivo multifunzione della scuola: il fantasmagorico congegno high-tech, meglio conosciuto come EyeNet.

Quegli squilli incessanti significavano una cosa sola: gli era stata assegnata una nuova missione!

Al solo pensiero, Larry si distrasse e inciampò in

una corda. Fu proiettato a volo radente per qualche metro, dopodiché rimase a penzolare con la faccia sull'erba. Aveva grumi di terriccio in bocca, ma non disse nemmeno "ahi!"

«Ti sei fatto male, Scoiattolo Pigro?» chiese preoccupato il maestro Miyazaki.

Una mano scattò fuori dal groviglio di nodi e legacci. «*Sensei*, mi passi per favore il cellulare!» esclamò Larry. Notando l'esitazione del monaco, aggiunse in un sibilo: «È una questione di estrema importanza, per la barba della regina!»

Quando finalmente gli fu consegnato il congegno, Larry controllò il messaggio sul display e strabuzzò gli occhi. Senza rendersene conto, eseguì un avvitamento velocissimo e riuscì in un sol colpo a districarsi dalla trappola di funi.

«Ho-Hollywood...» balbettò passandosi una mano tra i capelli. «Ma sono impazziti?»

Meravigliato dalla prodezza con cui il suo giovane allievo si era liberato, il *sensei* Miyazaki rimase a osservarlo senza parole, mentre Larry guadagnava in un lampo il portone d'uscita. Avrebbe voluto complimentarsi con lui, ma era già scomparso per le strade di Londra.

Naturalmente Larry si stava precipitando dalla geniale cuginetta Agatha Mistery per chiedere il suo prezioso aiuto!

1. Un anniversario indimenticabile

A Mistery House, immersa nella grigia periferia di Londra, si avvertiva un frizzante clima di festa. Nel parco le fontane zampillavano tra i rododendri in piena fioritura, mentre armonie di musica classica si diffondevano nei saloni interni dell'elegante abitazione vittoriana dai tetti blu. Era l'atmosfera giusta per celebrare il dodicesimo anno di servizio di Mr Kent, l'instancabile tuttofare della famiglia Mistery.

«Peccato che mamma e papà si trovino in Tasmania» disse Agatha fissando un po' delusa il tavolo imbandito di leccornie. «Sarebbe stato bello che ci fossero anche loro.»

«Sarà per un'altra volta» replicò impassibile il maggiordomo, accomodandosi sulla sedia. La sua mole da ex pugile nella categoria pesi massimi provocò un sonoro scricchiolio. «Le sono molto grato per tutte queste premure» aggiunse poi con un filo di voce, che tradiva una certa emozione.

La ragazza si picchiettò un dito sul piccolo naso all'insù, segno inequivocabile che stava rimuginando qualche cosa. «Tu lo sai che cosa stanno combinando laggiù i miei genitori?» chiese con un lampo negli occhi.

«Spiacente, signorina» fece lui. «Non ne ho la minima idea...»

«Prima di partire mi hanno accennato che volevano studiare una rarissima specie locale» lo incalzò la ragazza, sedendosi a sua volta. «Prova a indovinare quale!»

«Il famoso diavolo della Tasmania?» azzardò il maggiordomo, svuotando con il cucchiaio una gustosa ostrica spruzzata di prezzemolo e limone.

«Intendi il marsupiale carnivoro più grande del mondo? No, troppo semplice!» ridacchiò lei. «Non ci crederai, ma analizzano delle minuscole rane verdi che vivono in acquitrini solforosi...»

«Rane verdi? Acquitrini solforosi?» ripeté sbigottito Mr Kent. Istintivamente abbassò lo sguardo per controllare le pietanze sul tavolo, sentendo svanire l'appetito. Provò comunque a mantenere il suo proverbiale distacco e domandò: «E che cosa hanno di così speciale queste rane?»

La ragazza estrasse dalla tasca dei jeans il suo taccuino con la copertina di pelle. Lo teneva sempre con sé per prendere appunti su qualsiasi argomento solleticasse la sua fantasia. Come tutti i membri della famiglia Mistery, Agatha aveva scelto di intraprendere una carriera stravagante. Voleva diventare una scrittrice di gialli e andava sempre a caccia di notizie curiose per i suoi racconti.

«Nei giorni scorsi ho consultato qualche rivista scientifica in biblioteca» spiegò sfogliando le pagine con attenzione. «Sembra che questa specie possieda delle proteine miracolose per la medicina.»

«Formidabile» commentò laconico il maggiordomo.

Ormai conosceva le doti della sua padroncina: memoria di ferro, intuito folgorante, spirito di osservazione e tante altre qualità che la rendevano una dodicenne decisamente fuori dal comune.

«Oh, che sciocca, il pranzo si sta raffreddando» si scusò a quel punto la ragazza, riponendo il taccuino per addentare gli spiedini ai frutti di mare. «Sai una cosa?» disse raggiante. «Sono felice di festeggiare questo anniversario con te e il nostro gatto Watson. Siete i migliori amici che potessi trovare!»

«Non dimentica forse qualcuno, signorina?»

Un'espressione divertita apparve sul volto dell'aspirante scrittrice. «Intendi il caro cuginetto Larry?» chiese facendo volteggiare lo stecchino. «L'ho invitato, ma ha detto che è un brutto periodo. Si è iscritto a un corso di Arti Marziali e deve esercitarsi tutti i giorni. Scommetto però che prima di sera si presenterà per un rapido saluto. Anche lui vuole assaggiare una fetta di...» Agatha interruppe la frase a metà e si mise una mano davanti alla bocca. «Opsss... la mia linguaccia!» arrossì. «Ti stavo per svelare la sorpresa!»

Il maggiordomo inarcò un sopracciglio e fece finta di niente: quella mattina in cucina aveva intravisto la torta Sacher a cinque strati adagiata su un vassoio. Era il suo dolce preferito, ne andava letteralmente ghiotto.

Agatha cambiò subito discorso e, dopo aver finito di pranzare, pregò Mr Kent di chiudere gli occhi e attendere a tavola il suo regalo.

Fu allora che le cose sfuggirono completamente al suo controllo.

«Watson!» gridò disperata la ragazza non appena entrò in cucina. «Che disastro hai combinato?»

Mr Kent spense lo stereo e guardò sgomento la scena attraverso la porta socchiusa: attirato dal profumo delizioso, il bianchissimo gatto siberiano si era accucciato sulla torta spargendola ovunque. Ora si stava pulendo il manto dalla cioccolata come se niente fosse.

Seguirono attimi di fibrillazione. Agatha arraffò una saponetta, aprì il getto del lavandino e ci ficcò

sotto il gatto. Volarono schizzi e bolle dappertutto. «Birbante che non sei altro!» lo sgridò in tono bonario. «Adesso non osare lamentarti se ti strofino forte.»

Come se non bastasse, un minuto dopo strombazzò il campanello del citofono. Mr Kent corse a controllare le telecamere del cancello e notò un poliziotto che tratteneva un ragazzo vestito con un kimono bianco. Mentre tornava sui suoi passi per avvisare Agatha, Watson balzò fuori dal lavandino e saettò al piano di sopra, imbrattando di piccole orme i tappeti del salotto.

«La polizia?» ripeté Agatha, un po' confusa.

«Sì, signorina» confermò il maggiordomo. «Un tipo strampalato con un kimono. Assomiglia tanto a...»

La ragazza scoppiò a ridere e si diresse al videocitofono. «Allora è tutto chiaro! Il nostro caro Larry è arrivato con largo anticipo!» Poi Agatha parlò all'agente delle forze dell'ordine tentando di tranquillizzarlo. «Non si preoccupi, è davvero mio cugino» spiegò. «Suppongo che avrà dimenticato il suo mazzo di chiavi...»

«Proprio così» sentì borbottare Larry. «Ho provato a suonare, ma nessuno rispondeva. Così ho pensato di scavalcare...»

«Pessima idea» lo interruppe l'agente, inflessibile. «Mi hanno segnalato che una specie di ninja stava facendo irruzione nella villa, cadendo ripetutamente...»

Imbarazzato, Larry non seppe come replicare. Per sottrarlo dall'impaccio, Agatha gli aprì il cancello automatico. «È tutto a posto» disse al poliziotto. «Avevamo la musica alta e non abbiamo sentito il citofono. È solo colpa nostra. Arrivederci.»

Il giovane detective strizzò l'occhio alla telecamera e scattò come un razzo lungo il vialetto della tenuta. Agatha e Mr Kent lo attendevano sulla scalinata di marmo con espressioni incuriosite.

«Dobbiamo fare presto!» esclamò Larry. «Decolliamo alle 16.15 dall'aeroporto di Heathrow!»

«E dove siamo diretti?» chiese Agatha con un sorrisetto. «In uno sperduto tempio di arti marziali sulle vette del Tibet?»

A quella battuta, la mascella granitica di Mr Kent ebbe un impercettibile guizzo.

«Cuginetta... *pant pant*... guarda qui...» Larry si piegò sulle ginocchia per riprendere fiato e mostrò il messaggio della scuola sull'EyeNet. «Alle 21 di questa sera abbiamo appuntamento con un certo Robert Morrison...»

«A Los Angeles?» si stupì Mr Kent.

«Se la memoria non mi inganna, il luogo indicato dal messaggio si trova nei pressi di Hollywood» precisò Agatha scrutando meglio il display. Poi si tirò indietro una ciocca di capelli e valutò sottovoce: «L'area metropolitana di Los Angeles è davvero sconfinata, senza l'aiuto di zio Bud ci perderemo di sicuro...»

«Zio Bud?» pronunciò stupito Larry. «E chi sarebbe?»

Il cugino e Mr Kent rimasero di stucco vedendo Agatha rientrare in casa senza rispondere.

Larry la rincorse bersagliandola di domande. «È un nostro parente a Hollywood? L'hai segnato sul planisfero?»

Si riferiva naturalmente al mappamondo su cui Agatha annotava i recapiti e le informazioni sui membri della famiglia Mistery, sparsi qua e là per il pianeta.

«Io e zio Bud ci teniamo spesso in contatto» disse calma la ragazza, tutta impegnata a cercare un asciugamano per Watson. «In passato era un campione di automobilismo, adesso invece ha aperto un'officina meccanica per superbolidi e ogni tanto fa lo stuntman nei film di Hollywood...»

Larry si grattò nervosamente la guancia. «Lo stuntman?»

«Hai presente le scene dei film con inseguimenti d'auto, incidenti spettacolari e incredibili acrobazie? Lui sostituisce gli attori nelle peripezie più audaci!»

«Non sarà allora troppo spericolato?» obiettò il giovane detective.

«Andiamo di fretta, no?» tagliò corto Agatha. «Vatti subito a cambiare e prepara il dossier dell'indagine, al resto ci penso io!»

Di fronte a tanta sicurezza, Larry ammutolì. Gli esami lo mettevano sempre in agitazione e non voleva che i professori della scuola venissero a sapere che dietro i suoi strepitosi successi nelle indagini c'era sempre lo zampino della cuginetta. Sentendo che Agatha stava già chiacchierando al telefono, tirò un sospiro e filò a prepararsi.

Un quarto d'ora dopo si radunarono tutti alla fontana. Watson profumava di lavanda e sembrava pavoneggiarsi nella gabbietta da viaggio. Agatha aveva indossato un abito a fiori e portava un grazioso cappellino parasole. Mr Kent, nel suo elegante smoking blu notte, riempì di pesanti valigie il bagagliaio della limousine senza battere ciglio.

Quando fu il momento di partire, Larry si ricordò

improvvisamente dell'anniversario del maggiordomo. «Uh-oh» balbettò in tono dispiaciuto. «Spero di non avere mandato all'aria i vostri programmi...»

Agatha lo fissò sfoderando un sorriso rassicurante. «Non preoccuparti, cuginetto» ridacchiò. «La festa è stata solo rimandata!»

2. LA TROUPE

Durante il volo per Los Angeles, i tre compagni di avventure passarono in rassegna il dossier sull'Eye-Net. Scoprirono ben presto che le informazioni fornite dalla scuola erano davvero ridotte all'osso, cosa che fece preoccupare Larry.

«Tutto qui?» sibilò con espressione affranta. «E adesso, come procediamo?»

«Non è poi così poco» commentò Agatha. «Abbiamo il profilo dettagliato delle persone coinvolte: due attori, un regista e un produttore cinematografico...»

«Sì, ma coinvolte in che cosa?»

A quel punto Mr Kent diede un colpetto di tosse.

«A quanto pare stanno girando un film intitolato *Errore fatale*» ricapitolò. «Ho intravisto la sceneggiatura tra i file del dossier...»

«Cos'è una sceneggiatura, scusate?» sbuffò il ragazzo.

«La trama di un film, corredata da tutti i dialoghi, le scene e le inquadrature» spiegò Agatha, che non vedeva l'ora di tuffarsi nella lettura.

Larry si spettinò nervosamente il ciuffo. «Ma rimane del tutto oscuro il punto fondamentale» sbottò. «Quale reato è stato commesso?»

Dentro il trasportino, Watson si svegliò di colpo dal suo letargo e lanciò un miagolio di protesta.

«Rilassati, cuginetto» sorrise Agatha. «Se il produttore Morrison non ha ancora svelato il motivo della chiamata, significa che vuole parlarcene a quattr'occhi...»

E, come sempre, la sua supposizione si rivelò esatta.

Scesero nell'affollato aeroporto di Los Angeles

alle 19.40 e imboccarono una comoda uscita laterale. Poco distante, un uomo alto e corpulento li aspettava appoggiato a una scintillante macchina rossa. La ragazza lo riconobbe dalla stazza e dalla barba riccia e scura.

«Zio Bud!» gridò agitando una mano e correndogli incontro.

Un sorriso illuminò il volto dello stuntman. «Questa graziosa signorina deve essere Agatha!» disse con voce tonante mentre la sollevava di peso con un

solo braccio. «E questo giovanotto invece è Larry!» aggiunse mentre lo afferrava con l'altro.

Mr Kent rimase qualche passo indietro con le valigie e il trasportino di Watson, osservando in silenzio gli affettuosi convenevoli.

«Allora, avete deciso di fuggire dalla vostra nebbia per arrostirvi al sole della California?» ridacchiò Bud Mistery.

«Veramente, zio...» disse Larry a denti stretti «siamo qui per una faccenda piuttosto spinosa.»

Agatha incrociò lo sguardo del cugino e arrossì. «Ho già messo al corrente zio Bud dell'indagine» confessò. «Spero non ti dispiaccia...»

Zio Bud bruciò Larry sul tempo e gli rivolse il saluto militare. «Al suo servizio, agente LM14!» proclamò solenne. Poi scrollò le spalle e aggiunse: «Chi avrebbe immaginato di avere un nipote detective? Roba forte!»

Suo malgrado, Larry fu lusingato dall'accoglienza e decise di non protestare. Rivolse l'attenzione alla cabrio rossa dalle rifiniture cromate e dai sedili in pelle. Era lucida e splendente, ma le ammaccature e il design rivelavano la veneranda età.

«È una Chevrolet Impala del 1959» commentò Bud Mistery accarezzando lo sportello. «Il fiore all'occhiello della mia collezione!»

«Possiamo andare, zio?» lo incalzò Agatha. «Siamo davvero di fretta!»

«Ok, tutti a bordo!»

Un istante dopo zio Bud scivolava disinvolto nel traffico intenso di Los Angeles. Guidava fischiettando con il vento nei capelli. «Allora, la meta è quella che mi hai detto prima al telefono? Century City?» chiese.

«Negli uffici del produttore Robert Morrison» aggiunse Larry.

«So dove sono» affermò Bud. «Ho lavorato in qualcuno dei suoi film. Saremo a Century City in un baleno!»

Pigiò sull'acceleratore e, con brusche sterzate,

iniziò una serie di sorpassi spostandosi rapido da una corsia all'altra.

«Mi auguro di arrivarci tutto intero» commentò Mr Kent reggendosi allo sportello.

«Non preoccuparti, amico» replicò Bud alzando la voce per sovrastare il rombo del motore. «Potrei guidare anche bendato!»

Mezz'ora più tardi i grattacieli di Century City svettavano imponenti nell'oscurità della sera. Sulle facciate a specchio si riflettevano gli edifici vicini e le luci delle auto.

«Ecco, siamo arrivati» disse Bud inchiodando davanti a un palazzo. Le targhe argentate infisse nel granito rivelavano che quel grattacielo era la sede di studi di avvocati, società di consulenza e case di produzione. La Morrison Pictures aveva l'ufficio al ventiduesimo piano.

Robert Morrison comparve sulla porta con aria impaziente. Capelli corti e mascella quadrata: sembrava un uomo che otteneva sempre ciò che voleva.

«Bud Mistery!» esclamò. «Che ci fai da queste parti? Hai messo su qualche chilo, eh?»

«Ehm… in effetti…»

«Senti, se hai bisogno di un lavoro, ne possiamo parlare domani? Ora ho un appuntamento importante e…»

«Signor Morrison?» intervenne Agatha tendendogli la mano. «Siamo noi il suo appuntamento. Ci manda la Eye International.»

Dopo un'occhiata interlocutoria, Morrison fece accomodare il gruppetto nello studio. Le pareti erano ricoperte da pannelli di quercia e ritratti autografati di star del cinema. Attorno al gigantesco tavolo di cristallo sedevano tre persone che il produttore si affrettò a presentare.

Gerard Montgomery era il regista del film. Piccolo, sovrappeso e scarmigliato, si limitò a grugnire un breve saluto. Fissava accigliato un bastone con un pomello a sfera che aveva fra le mani.

Liz Prentiss era l'avvenente protagonista del film.

I suoi lunghi capelli biondi erano pettinati in una crocchia. Aveva lo sguardo perso nel vuoto, come se avesse passato una notte insonne.

«Ciao, tesorini» salutò con un trillo risvegliandosi all'improvviso dal suo torpore.

James Hill era il primo attore. Aria spaccona e sorriso canzonatorio su un fisico asciutto. I capelli erano lucidi di brillantina e il doppiopetto classico aveva un taglio retrò. Si produsse in un cenno di sufficienza.

«Allora, signor Morrison, ci racconti che cos'è accaduto» lo invitò Agatha.

Il produttore camminava su e giù sul parquet, insofferente. «Un mese fa abbiamo iniziato a girare *Errore fatale*» attaccò deciso. «Si tratta di un noir ambientato negli anni Cinquanta, qualcosa di diverso dai film violenti e insulsi di adesso...»

«Hanno dimenticato la lezione di Fritz Lang! Di Orson Welles!» brontolò Montgomery.

«Non ti agitare, Monty» lo calmò Morrison, poi

AFRICAN QUEEN
IS BACK
IAN FLEMING'S

proseguì. «A un certo punto delle riprese sono cominciati gli incidenti...»

«Quali incidenti?» lo interruppe Larry, sulle spine.

«Adesso ci arrivo, agente LM14» ribatté Morrison. «All'inizio erano solo piccole cose: luci che saltavano, macchine da presa che non funzionavano. Poi qualcuno ha cominciato a farsi male.»

«Quelli sì che erano errori fatali!» rise Hill, rompendo il silenzio generale.

Morrison lo gelò con lo sguardo e proseguì. «C'era una scena in cui Liz doveva aggredire James con un pugnale dalla lama retrattile. Solo che qualcuno aveva sostituito il coltello da scena con uno vero e James è rimasto ferito.»

«Che cosa orribile, "Jimmy tesoro"» frignò la bionda.

«Era solo un graffio, baby» rispose Hill con la voce da duro.

«E la polizia cos'ha scoperto, signor Morrison?» intervenne Agatha.

«Non l'ho avvisata» ammise il produttore. «Avrebbero bloccato le riprese. E mi stanno già costando troppi soldi...»

«Ma che cos'è il denaro rispetto all'arte? Questo film potrebbe elevarmi al livello di Murnau! Di Pabst!» gracchiò allora Montgomery.

Morrison, alzando la voce di qualche decibel, continuò. «E, per finire, l'ultimo guaio» disse cercando lo sguardo dei suoi collaboratori. «Ieri mattina James, Liz e Monty hanno ricevuto queste lettere minatorie.» Estrasse tre fogli dal cassetto della scrivania e li posò sul tavolo.

Agatha li raccolse per esaminarli insieme ai compagni. Erano scritti con ritagli di giornale e riportavano tutti la stessa frase:

FERMATE IL FILM O FERMERÒ VOI. PER SEMPRE.

«Ha qualche sospetto, signor Morrison?» domandò Agatha in tono serio.

«Direi una certezza, piuttosto» rispose lui secco.

«Qualcuno della troupe?»

«Sì, magari questo Lang o questo Murnau» azzardò Larry.

«Ragazzino, sei un ignorante!» gridò Montgomery picchiando ripetutamente il pomello del bastone sul tavolo.

Il giovane detective si ritrasse per lo spavento.

«"Larry tesoro", non dargli retta» lo consolò Liz.

Agatha invece sospirò. «Cuginetto, Lang e Murnau sono due grandi registi del passato...»

«Aaah» bisbigliò lui sconsolato. «Beata te che hai i tuoi cassetti della memoria...»

«Come dicevo» riprese Morrison schiarendosi la voce «credo che il responsabile sia Saul Lowenthal.»

«Il famoso produttore cinematografico?» intervenne per la prima volta zio Bud.

«Esatto» confermò deciso Morrison. «Gli ho soffiato la sceneggiatura del film e ora vuole vendicarsi!»

«Come fa a esserne certo? Il responsabile degli atti

di sabotaggio dovrebbe essere una persona che ha libero accesso al set» gli fece notare Agatha.

«Sì, ma potrebbe essere manovrata da qualcuno» replicò Morrison. «E questo qualcuno è sicuramente quella canaglia di Lowenthal. Prendetelo e strigliatelo a dovere. Conoscendolo, sarebbe capace di raccontarvi la verità anche solo per vantarsene...»

«Va bene, signor Morrison» disse Agatha accontentandolo. «Dove possiamo trovarlo?»

Il produttore prese la sua penna d'oro e scrisse un indirizzo prima di salutarli. «Domani notte gireremo in esterni sulle colline di Hollywood e abbiamo bisogno di riposarci. Se mi cercate, sarò in ufficio tutto il giorno.»

«Lo incastreremo, signore» si affrettò a dire Larry.

«Se è davvero lui il responsabile» commentò la cugina sottovoce mentre abbandonavano l'ufficio.

3. Il viale delle stelle

Al mattino, dopo una bella dormita e una succulenta colazione a casa di zio Bud, Agatha e gli altri si avventurarono di nuovo nel reticolo di vie del distretto di Hollywood.

Mentre camminavano, si resero conto dell'imponenza della città. Era un labirinto senza fine di strade, svincoli, sopraelevate, semafori, centri commerciali e caseggiati di cemento che sfrigolavano di calore sotto il sole.

Larry era euforico per l'atmosfera glamour di Hollywood e si era sistemato il berretto al contrario, spavaldo.

«Stai calpestando Al Pacino, cuginetto» gli disse Agatha ridacchiando.

«Uh-oh… cosa?»

Larry dirottò lo sguardo verso il basso e rimase sbalordito. Sul marciapiede spiccava una stella rosa con un nome scritto in caratteri dorati. Stavano percorrendo a piedi la lunghissima Hollywood Boulevard, lastricata su entrambi i lati da moltissime stelle a cinque punte.

Istintivamente il ragazzo spiccò un balzo all'indietro e Mr Kent dovette scansarsi con la rapidità di un pugile provetto.

«Ehm… perché tutta questa gente ha il nome sul marciapiede?»

«Non conosci la Walk of Fame?» chiese Agatha stupita. «Qui vengono ricordati tutti gli artisti che hanno reso celebre il mondo del cinema e dello spettacolo.»

«Wow! Grande!» Larry continuò a procedere con lo sguardo rivolto a terra. «Uhm… però non mi

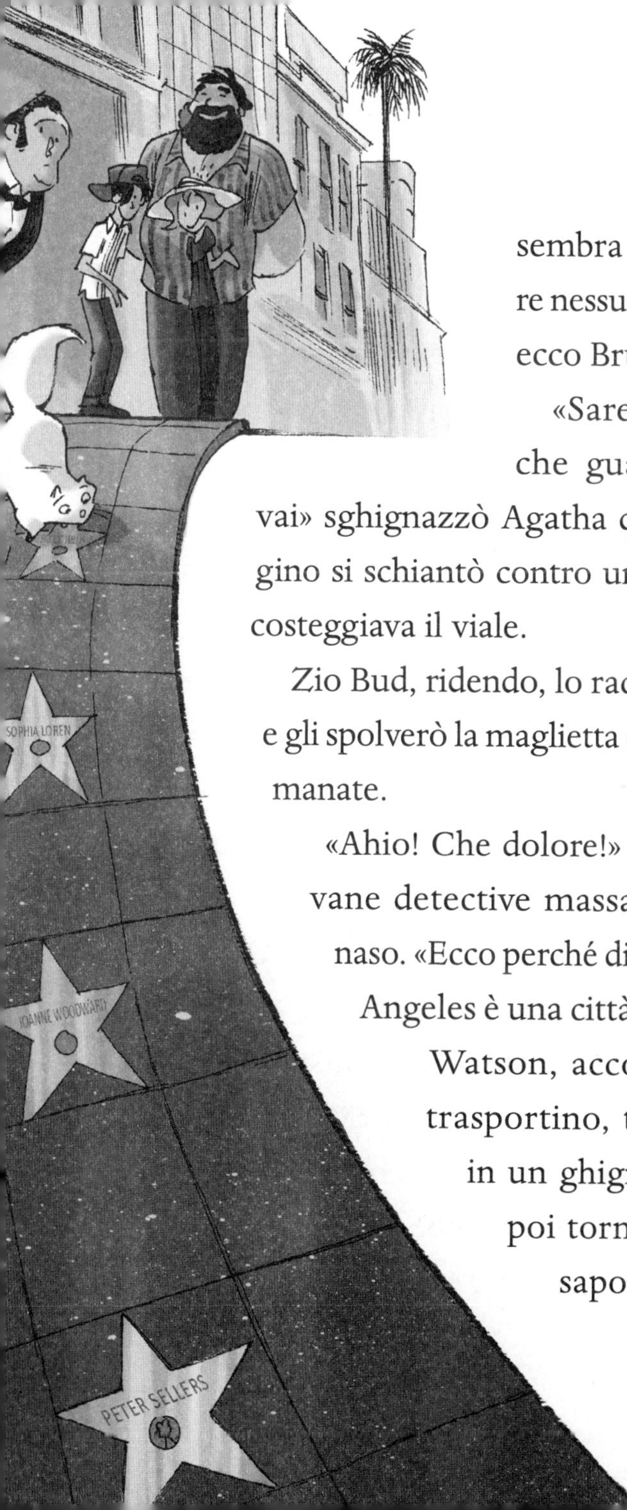

sembra di riconoscere nessuno... anzi, no, ecco Bruce Willis!»

«Sarebbe meglio che guardassi dove vai» sghignazzò Agatha quando il cugino si schiantò contro una palma che costeggiava il viale.

Zio Bud, ridendo, lo raccolse di peso e gli spolverò la maglietta con poderose manate.

«Ahio! Che dolore!» strillò il giovane detective massaggiandosi il naso. «Ecco perché dicono che Los Angeles è una città pericolosa!»

Watson, accoccolato nel trasportino, tese il muso in un ghigno divertito, poi tornò a dormire saporitamente.

«È molto lontano il Kodak Theatre?» domandò Mr Kent, ricordando a tutti la loro missione.

Zio Bud indicò una statua dorata che faceva capolino poco più avanti. «Siamo quasi arrivati» riferì. «Vi faccio strada.»

Lo seguirono nella calca sempre più fitta e poco dopo furono di fronte alla statua che svettava imponente. Prima di entrare al Kodak Theatre, Larry si fermò per esaminarla da vicino. «Sembra una versione gigantesca del premio Oscar» commentò stupito.

«Infatti lo è, cuginetto caro. Ti serve un rapido ripasso della storia di Hollywood? Da anni, in questo teatro viene celebrata la serata degli Oscar!» disse Agatha ridacchiando.

Larry rifletté sbattendo le palpebre e dopo un attimo di esitazione proruppe: «Ma allora qui serve una foto ricordo. Voglio farla abbracciato alla statua. I miei amici non crederanno ai loro occhi!» E poi in totale visibilio gongolò: «Forza, scattate!»

Non aveva ancora finito di parlare quando un imponente addetto alla sicurezza giunse minaccioso alle sue spalle. «Non è permesso toccare la statua» gli intimò. «La prego gentilmente di allontanarsi.»

«Mi scusi, non lo sapevo» si spaventò Larry, facendosi piccolo piccolo.

Fu in quel momento che zio Bud decise di intervenire. «Ernie, mio nipote ti sta forse dando delle noie?» salutò scherzoso l'uomo della security.

«Figlio di una puzzola, quanto tempo! Hai messo su qualche chilo, eh?» replicò l'altro. «Cosa ti porta qui, amico?»

«Dobbiamo parlare con il boss, con il tuo permesso...»

«Starà abbaiando ordini come sempre! Andate pure... questo e altro per il miglior stuntman di Los Angeles!»

Zio Bud sorrise ad Agatha e incoraggiò Larry con una leggera pacchetta sui fianchi. Scortata dal mastodontico Ernie, la compagnia si inoltrò all'interno del teatro e imboccò la lussuosa arcata che conduceva alla platea.

Il palcoscenico era gremito di attori, cantanti e ballerini impegnati nelle prove generali di un musical, disturbati dal continuo andirivieni di tecnici e segretari.

«Il boss è in prima fila» sussurrò Ernie indicando Lowenthal con un rapido cenno.

Nello stesso istante l'attenzione di tutti fu attirata da una donna dai capelli rosso fiamma che avanzava ad ampie falcate verso di loro. Li oltrepassò senza degnarli di uno sguardo.

«Deve aver litigato con qualcuno» notò Agatha. «Aveva un'espressione davvero inviperita.»

«Lei è Mrs Lombard» li informò zio Bud. «La giovane moglie di Lowenthal.» Poi si avvicinò timidamente al produttore. «Possiamo disturbarla, signor Lowenthal?»

Agatha si fece avanti. Un uomo corpulento con due baffetti sottili che sembravano disegnati a matita stava seduto scomposto su uno dei sedili. Reggeva un sigaro spento in una mano, mentre con l'altra gesticolava, sbraitando brusche istruzioni agli artisti e ai tecnici.

«Bud Mistery! Che sorpresa! Cerchi lavoro come ballerino?» ridacchiò rizzandosi sulla sedia.

«No, signor Lowenthal...»

«Ci credo» lo interruppe il produttore. «Hai messo su qualche chilo, eh?»

«Ecco, signor Lowenthal» riprese Bud imbarazzato «vorrei presentarle i miei nipoti.»

Saul Lowenthal squadrò Agatha e Larry infilandosi il sigaro spento fra i denti. «Non so se ho qualcosa di adatto a loro» sbuffò annoiato. «Che cosa sanno fare?»

«Signor Lowenthal» esordì Agatha con piglio deciso «non siamo qui per un ingaggio. Ci manda Robert Morrison. Stiamo facendo alcune indagini per conto suo.»

L'uomo li squadrò con maggiore attenzione, poi scoppiò in una poderosa risata che sembrava un ruggito. «HAHAHA! Non sarà mica per quella storia della truffa? HAHAHA!»

«Non potremmo andare a parlarne in un posto più tranquillo?» chiese la ragazza.

«Va bene. Seguitemi. Avevo giusto bisogno di fumare.» Facendosi largo tra attori e addetti al set, Lowenthal condusse il gruppo nell'ampio cortile esterno del complesso. Si accese il sigaro con un accendino d'oro e ne assaporò una boccata. «Avanti, ragazzina, sono tutt'orecchi» proruppe bruscamente.

Agatha descrisse con calma il motivo della loro visita, mentre sul volto di Lowenthal era dipinta un'espressione beffarda e piuttosto divertita.

«Morrison è un perfetto idiota» dichiarò alla fine.

«Certamente lei non ha peli sulla lingua» commentò Mr Kent.

Il sorriso sparì dalla faccia del produttore. «Anche se non sono tenuto a spiegarvi nulla, voglio dirvelo lo stesso» borbottò. «Il film *Errore fatale* non mi è mai interessato. Sarà un flop colossale. Morrison è fissato con le vecchie pellicole, ma non se le fila più nessuno. A peggiorare il quadro, si aggiungono un regista incompetente e un cast di mezze calzette... Li conosco bene, so come lavorano.»

«Ma allora perché si era accaparrato la sceneggiatura?» domandò Larry sorpreso.

«Volevo dimostrare che avevo più influenza di lui.

Qui a Hollywood non conta il denaro, ma avere una reputazione.»

«Insomma, è stata una questione di potere» riassunse Agatha alzando gli occhi dal taccuino su cui stava prendendo appunti.

«Esattamente, signorina. Pesce grande mangia pesce piccolo.» Lowenthal si mise a giocherellare con il sigaro. «Gli ho rifilato un bel bidone spacciandolo per un'opera d'arte» ridacchiò.

«Non mi sembra molto corretto» fece notare Larry.

«Ragazzino, se vuoi ritagliarti il tuo spazio, devi far capire chi comanda» replicò lui. «E poi non pensare che Morrison sia uno stinco di santo...»

«Che cosa intende dire?» intervenne Bud.

«L'onestissimo Robert Morrison non vi ha raccontato dello scherzetto che ha tirato a Edwards?» si stupì Lowenthal.

«Edwards?» domandò Agatha aggrottando la fronte.

«Tony Edwards è lo sceneggiatore di *Errore fatale*.

Dopo avere scritto il film, ha scoperto di aver lavorato gratis. Proprio un ragazzo sveglio. HAHAHA!» Loro si scambiarono un'occhiata interrogativa che non sfuggì a Lowenthal. «Ah, vedo che non ne sapete nulla!» disse compiaciuto. Si riaccese il sigaro, poi riprese a parlare. «Morrison ha inserito una clausola nel contratto. Sapete, una piccola truffa scritta in caratteri minuscoli. Se alla sceneggiatura fossero stati apportati ritocchi sostanziali, allora Edwards non sarebbe stato pagato.»

«Suppongo che questi ritocchi ci siano stati» azzardò Agatha.

«Esatto, signorina. Come potete vedere, non sono certo l'unico squalo dell'oceano» commentò lui con un ghigno diabolico.

«Cuginetta, allora forse questo Edwards è il nostro uomo!» sussurrò Larry.

«Non è da escludere» rispose sottovoce la ragazza. «Ha ottimi motivi per danneggiare Morrison.» Poi fissò dritto negli occhi il borioso produttore. «Grazie, signor Lowenthal» gli disse chiudendo il taccuino. «Adesso potrebbe cortesemente suggerirci come contattare Tony Edwards?»

«Devo avere il suo indirizzo da qualche parte» rispose lui. Lo scribacchiò in tutta fretta prima di tornare nel teatro a urlare ordini ai suoi artisti.

4. Ritagli di giornale

Le decorazioni d'argento della Chevrolet Impala brillavano nella luce del primo pomeriggio.

«Dove stiamo andando esattamente, zio?» chiese Larry stiracchiandosi sul sedile.

«L'abitazione di Edwards si trova in una zona a sud di Los Angeles. Ci vorrà un po' di tempo per raggiungerla.»

Mentre superavano veicoli di ogni tipo, macinando chilometri lungo le quattro corsie della superstrada, Mr Kent continuava a tossire. «Inizio a provare nostalgia per l'aria pulita di Londra» affermò ironico.

«Concordo» replicò Agatha. «Se non ricordo male,

Los Angeles, per colpa del suo traffico intenso, è la città più inquinata degli Stati Uniti.»

Fu allora che Larry, alzando la voce per sovrastare il rombo dei motori, disse: «Cuginetta, perché non tiriamo le fila di questa faccenda? Cosa ti dice il tuo intuito?»

«Avremo un quadro più completo quando riusciremo a parlare con Edwards» rispose pensierosa Agatha, accarezzando Watson raggomitolato sul suo grembo. «Quello che però colpisce è che Morrison non abbia minimamente accennato allo sceneggiatore di *Errore fatale*. Ed è strano dato che potrebbe rivelarsi il principale indiziato dei sabotaggi e delle lettere minatorie.»

«Ho una brutta sensazione» disse Larry preoccupato. «Non c'è stato nessun omicidio, certo, ma le minacce sembrano serie...»

Agatha rivolse una rapida occhiata a zio Bud, come se volesse invitarlo a parlare. E lui, un attimo dopo, intervenendo nella conversazione, disse: «Larry ha ragione, dobbiamo stare molto attenti. Los Angeles, nonostante sia una città molto bella, soleggiata per trecento giorni all'anno e piena di stimoli, è pericolosa. Qui la criminalità è molto diffusa».

Erano tutti d'accordo e, ripromettendosi di tenere gli occhi aperti, fecero una sosta per consumare velocemente gli hamburger che avevano acquistato in un take-away prima di mettersi in viaggio.

Arrivarono a South Los Angeles verso il tardo pomeriggio.

Tony Edwards viveva in un quartiere popolare, dove i bassi edifici bianchi erano così anonimi che era difficile distinguerli gli uni dagli altri. Le strade erano affollate di ristoranti cinesi, botteghe coreane, drogherie indiane. Qua e là spuntavano negozi di artigianato messicano e pizzerie italiane.

Parcheggiarono l'auto e superarono un gruppo di ragazzini che giocava per strada. Uno di questi, dopo aver danneggiato l'idrante stradale, stava schizzando i passanti e rideva a crepapelle. Le sue risate divennero ancora più sonore quando il getto colpì Larry. Lui borbottò qualche cosa fra sé, fece un sospiro e tirò dritto.

Edwards abitava in una palazzina d'angolo. Oltrepassarono un atrio buio e salirono la prima rampa di scale. L'odore di vernice rivelava che le pareti erano state ridipinte di recente.

L'appartamento si trovava al terzo e ultimo piano. Agatha bussò piano, senza ottenere risposta. Ma il gesto bastò a far socchiudere la porta.

«Molto strano» commentò la ragazza.

Fu allora che zio Bud, con un leggero movimento del piede, spalancò del tutto l'uscio. L'interno era buio. Qualche debole lama di luce filtrava dalle veneziane abbassate.

Procedendo a tentoni, Larry trovò l'interruttore che accese il lampadario.

Appena ci fu luce, notarono che al centro della stanza, di fianco a due poltrone malandate, c'era un tavolino di vetro. Sopra questo svettava una pila di giornali, molti dei quali erano stati ritagliati. Altre pagine erano, invece, sparse sul pavimento.

Agatha si guardò intorno. Appoggiata a una parete, si trovava una robusta libreria in faggio. La ragazza distolse lo sguardo e la sua attenzione fu attirata da una Remington nera: una vecchia macchina da scrivere. Era chiaro che Edwards non usava il computer per il suo lavoro.

In fondo, di fronte all'unica finestra, si intravedeva la camera da letto.

«Ah!» esclamò Larry. «Abbiamo beccato il colpevole!»

Agatha si avvicinò al tavolino con circospezione. Aveva con sé le lettere minatorie e voleva confrontarle con i giornali ritagliati.

«Non c'è dubbio» disse dopo nemmeno un minuto. «Le lettere sono state ricavate da questi quotidiani.»

«E qui ci sono gli strumenti usati per ritagliarli, signorina» intervenne il maggiordomo sollevando un paio di forbici e dei guanti in lattice nascosti dietro la Remington.

«Cosa ti avevo detto, cugina? Il colpevole è Edwards!» disse Larry compiaciuto. «Chiamiamo il signor Morrison per annunciargli che il caso è chiuso!»

«Guardate...! Il nostro amico doveva avere una fretta indiavolata!» Era il vocione di zio Bud che proveniva dalla camera da letto. «Venite a vedere!»

Agatha e Larry lo raggiunsero. L'armadio era completamente vuoto, così come la cassettiera. Un paio di magliette erano state buttate sul letto disfatto e una piccola valigia stava aperta in un angolo.

«Non ci rimane che perquisire a fondo l'appartamento» disse allora zio Bud.

«Sicuramente conosci le procedure, zio» gli sorrise Agatha.

«Stiamo solo perdendo tempo» brontolò Larry a braccia incrociate. «Avvisiamo Morrison e non pensiamoci più.»

Il ragazzo non aveva ancora finito di parlare che sua cugina era già tornata nell'altra stanza, puntando la scrivania di Edwards. Non avendo trovato nulla, Agatha passò a ispezionare la libreria. Era stipata di libri gialli e di thriller. La ragazza notò che erano molto sgualciti e rovinati. Forse Edwards li aveva comprati a un mercatino dell'usato.

Poi la sua attenzione fu catturata da un grosso volume con la copertina nera. A differenza degli altri, sembrava fresco di stampa.

«Ha trovato qualcosa di interessante, Miss Agatha?» chiese curioso Mr Kent.

«*Quattro cadaveri per una rossa*» rispose Agatha mostrando il libro. «Di Tony Edwards. Lo ha scritto proprio lui.»

Sulla quarta di copertina era stampata la foto dello

sceneggiatore. Aveva piccoli occhi azzurri che sembravano scomparire dietro un paio di occhiali dalla montatura pesante. I capelli biondi erano legati in una coda che gli cadeva dietro le spalle.

«Ha l'aria timida» osservò zio Bud, che nel frattempo l'aveva raggiunta. «Non sembra proprio un criminale.»

«Voglio vedere anch'io, cugina!»

Larry, però, non fece in tempo a raggiungerla. La luce si spense improvvisamente.

Agatha notò un'ombra intrufolarsi nella stanza. Due lampi preceduti da secche esplosioni squarciarono l'oscurità.

«A terra! Ha una pistola!» gridò zio Bud.

Un miagolio selvaggio riempì l'aria, mentre qualcosa volava verso l'intruso.

Anche Larry si lanciò nel buio. «L'ho preso! L'ho preso!» gridò.

«Mi ha afferrato! Mi ha afferrato!» urlò zio Bud.

Agatha si era rannicchiata sotto la scrivania e Mr

Kent le faceva scudo con il suo corpo. I miagolii continuavano, sempre più forti.

«Lo sto tenendo! La Stretta del Pitone ha funzionato! Zio, vieni ad aiutarmi!»

«Non posso!» tuonò Bud Mistery. «Quel criminale mi ha bloccato!»

Seguì una serie di rumori sordi, come di oggetti che cadevano. Qualcosa di vetro si fracassò in mille pezzi.

Poi Agatha, i cui occhi si erano lentamente abituati all'oscurità, vide che l'intruso stava sgattaiolando fuori. Prese coraggio e raggiunse l'interruttore.

La luce si accese. Se il suo cuore non avesse battuto così forte da mozzarle il respiro, sarebbe scoppiata in una sonora risata per la scena che si presentava davanti ai suoi occhi.

Larry e zio Bud erano stesi sul pavimento. Suo cugino era avvinghiato alle gambe dello zio. Teneva gli occhi chiusi e continuava a gridare: «Lo sto tenendo! Lo sto tenendo!»

Bud cercava di liberarsi lanciando calci, ma la presa era troppo forte. «Adesso ti sistemo io!» ribatteva.

«Ehm... ragazzi?» li richiamò Agatha. «Forse è meglio che vi stacchiate l'uno dall'altro.»

Larry aprì gli occhi e, dopo un istante di sbigottimento, mollò la sua preda.

Zio Bud era incredulo. «Complimenti, nipote!» ridacchiò. «Hai davvero una forza straordinaria!»

Agatha scosse la testa sconsolata. «State bene?»

Bud si rialzò e fece cenno di sì. Anche Larry si tirò su e disse: «Tutto a posto, ma che strizza!»

Watson era saltato su una poltrona e si stava leccando le zampette con invidiabile tranquillità.

Mr Kent si affacciò oltre l'ingresso. «Il nostro aggressore si è dileguato» informò gli altri.

Era una cattiva notizia, ma tutti tirarono un sospiro di sollievo: l'avevano scampata bella!

5. Un gatto, una rossa e una pistola

«Adesso lo aggiusto io, quel tipaccio!» esclamò Bud lanciandosi fuori dalla porta.

«Attento, zio! Ricordati che ha una pistola!» lo avvertì Agatha.

Il robusto stuntman uscì nel pianerottolo, subito raggiunto da Larry.

«Non c'è nessuno sulla scala di sicurezza» osservò il ragazzo. «Deve essere già scappato lontano.»

Nel cortile si sentirono serrande che si abbassavano, porte che si sbarravano e bisbigli timorosi. Probabilmente la gente del vicinato non voleva immischiarsi e preferiva starsene al sicuro in casa.

«Adesso che cosa facciamo, cuginetta?» domandò Larry elettrizzato. «Proviamo a cercarlo qui attorno?»

Lei meditò qualche istante, picchiettandosi un dito sul naso. «No, meglio rientrare» valutò. «Magari l'esame delle pallottole potrà fornirci qualche utile indizio» aggiunse.

«Tanto prima o poi lo acciuffiamo» commentò zio Bud con decisione. «È solo questione di tempo.»

Nell'appartamento, Mr Kent stava scrollandosi di dosso i calcinacci piovuti dal soffitto.

«Zio Bud, riesci a dare un'occhiata lassù?» chiese Agatha guardando in alto.

Per tutta risposta, Bud salì su una sedia e, con una penna presa dalla scrivania di Edwards, iniziò ad armeggiare, esaminando i fori. Dopo qualche minuto mostrò ad Agatha i risultati delle sue fatiche: due proiettili deformati.

«Scommetto che sai dirmi di che calibro sono, vero zio Bud?» domandò la ragazza strizzandogli l'occhio.

«Presumo calibro 38» rispose Bud Mistery con un cenno complice.

«Ehi, ragazzi, potrei usare l'EyeNet per scoprire esattamente da dove provengono!» propose Larry. Estrasse dalla tasca il suo congegno e scannerizzò i proiettili con il sensore 3D. L'analisi della capsula metallica poteva rivelare dettagli sorprendenti. «Adesso mi collego al database della Eye International per sapere chi li ha prodotti e dove sono stati venduti» commentò entusiasta.

Ma uno sconsolato pigolio dello strumento annunciò che il tentativo era fallito.

«Probabilmente la deformazione causata dall'impatto rende l'operazione impossibile» lo rincuorò Agatha. «Ma ci sono altri elementi da prendere in considerazione...»

«Quali?» chiesero gli altri in coro.

«Per esempio, il fatto che il nostro aggressore abbia sparato al soffitto» replicò lei serafica. «Questo mi fa pensare che volesse solo spaventarci...»

«Per qualsiasi motivo l'abbia fatto, appena metto le mani su quel farabutto saranno guai» ringhiò Bud.

Larry smise di camminare avanti e indietro e prese la parola. «Ricapitoliamo, dunque» sussurrò concentrato. «Edwards è tornato. Forse aveva dimenticato qualcosa. Ci ha visti e ha sparato per spaventarci.»

«Io non sono così sicura che fosse Edwards» obiettò Agatha.

«Ma, cuginetta, che altro ti serve per convincerti? Una confessione scritta?» disse lui sarcastico.

«Esatto, Larry. Manca solo quella.»

«Che cosa?» domandò lui.

«Vedi, cuginetto caro» continuò la ragazza con pazienza «non ti sembra che lo scenario che ci siamo trovati sotto gli occhi sia stato costruito apposta da qualcuno? I ritagli in bella mostra, la casa vuota, l'aggressione. La conclusione più ovvia sarebbe proprio che Tony Edwards è il colpevole. Ma un vero criminale non semina indizi così palesi.»

Larry era perplesso. Forse Agatha aveva ragione.

«Ottima ricostruzione, mia cara» annuì zio Bud. «Ma chi altro potrebbe essere stato?»

«Forse abbiamo un indizio» disse Agatha estraendo qualcosa dalla tasca. «L'ho trovata infilata in un libro poco prima che ci aggredissero.»

Era una fotografia. Raffigurava Tony Edwards, dall'aria depressa, insieme allo scontroso Gerard Montgomery. Lì vicino era immortalato James Hill, che cingeva il fianco di una raggiante Liz Prentiss in

abiti succinti e di una rossa dallo sguardo felino. Non ci volle molto a riconoscerla come Joan Lombard, la moglie di Lowenthal, incontrata di sfuggita quella stessa mattina. Sullo sfondo, un'immensa ruota panoramica squarciava di luci il cielo notturno.

«Ma quella è la ruota del luna park di Santa Monica!» disse zio Bud.

«Scusate, ma che cosa ci fa nella foto la moglie di Lowenthal?» chiese Mr Kent grattandosi la mascella.

«La domanda più importante è: che cosa ci fanno tutti insieme?» sottolineò Agatha.

Uno scalpiccio affrettato proveniente dalle scale interruppe le loro riflessioni.

«Presto, agente! Sono ancora su! Ho sentito dei rumori!» gridò una voce.

«Accidenti! Sta arrivando la polizia!» esclamò zio Bud. «Dobbiamo svignarcela!»

«Fuori da qui!» li incitò Agatha.

«Perché? Non abbiamo fatto nulla!» chiese stupito il cugino.

«Larry, hai ragione, ma se ci trovano non potremo proseguire le nostre indagini» rispose Agatha.

«Sbrigatevi a uscire, ragazzi!» gridò Bud Mistery. Sbarrò la porta mettendoci davanti il divano. «Scendiamo dalla scala antincendio!»

Mr Kent si affrettò a svellere le veneziane mentre un rumore squillante si diffuse nel cortile.

«Sirene!» urlò Larry.

Una tempesta di colpi si abbatté sull'ingresso.

«Polizia! Aprite o sfondiamo!»

Agatha si lanciò sulla scala di sicurezza, seguita a ruota dallo zio, dal cugino e da Watson.

Si gettarono a capofitto verso il basso, terminando la discesa in un vicolo angusto. Con passo prudente si affacciarono sulla strada dove avevano parcheggiato l'Impala. Una piccola folla di curiosi si era accalcata intorno all'edificio appena abbandonato.

«Adesso fate come me» suggerì Agatha.

Con passo lento e indifferente, la ragazza salì a bordo dell'auto. Gli altri la imitarono. Solo Larry

MARK

continuava a voltarsi nervosamente verso i poliziotti.

Zio Bud mise in moto e partì con calma, scivolando accanto alle autopattuglie del dipartimento di polizia di Los Angeles. Cinque minuti dopo l'Impala si era già confusa tra le centinaia di macchine in viaggio sulla superstrada.

Larry proruppe in un grido di esultanza: «Per un pelo!»

«Andiamo da Morrison, Agatha?» chiese zio Bud senza distogliere gli occhi dalla strada.

«Prima preferisco scambiare due chiacchiere con la signora Lombard a proposito della foto. Tu sai dove abita, zio?» chiese la ragazza.

«Certo! Lowenthal ha una splendida villa a Beverly Hills. Andiamo» li rassicurò lo stuntman.

«Cuginetto» continuò Agatha «riesci a procurarti il numero telefonico?»

Lui pigiò i pulsanti dell'EyeNet con la rapidità di un pianista e pochi secondi dopo ottenne il numero richiesto.

Agatha lo ringraziò e rivolgendosi allo zio chiese: «Visto che la conosci, puoi chiamare la signora Lombard e annunciare la nostra visita?»

Lo stuntman non si fece pregare e dopo una breve telefonata confermò che Joan Lombard li avrebbe ricevuti volentieri. «Sentivo il marito che sbraitava accanto a lei» aggiunse sogghignando. «Stasera dovevano partecipare a un ricevimento elegante, ma la baby-sitter li ha piantati in asso all'ultimo istante e lei è costretta a rimanere a casa.»

Sul volto di Agatha comparve un sorrisetto furbo. «Ottimo!» affermò. «Adesso manca solo l'ultima mossa...»

«Chiamare il signor Morrison in ufficio, suppongo» disse Mr Kent, che aveva capito le intenzioni della padroncina.

«Proprio così» confermò lei con soddisfazione.

Trovarono il produttore ancora al lavoro, ma pronto ad andare sul set che si trovava ai piedi delle colline di Hollywood. Confermò che avrebbero girato in esterni la scena dell'inseguimento e che attendeva gli attori per mezzanotte.

Agatha, con aria un po' piccata, lo mise al corrente del fatto di avere saputo da Lowenthal dell'imbroglio del contratto, delle loro sensazionali scoperte nell'appartamento dello sceneggiatore e si raccomandò di prestare attenzione a Tony Edwards.

«Se pensi che non sia stato Edwards, perché gli hai detto che è lui il colpevole?» domandò Larry stupito.

La cugina non rispose.

«Agatha, mi stai ascoltando?»

Ancora nessuna risposta.

«AGATHA!»

«Scusami, Larry...» replicò lei guardandosi il palmo della mano destra. Lo alzò e mostrò qualcosa. La sera stava calando su Los Angeles e la luce fioca del tramonto rendeva impossibile distinguere cosa tenesse in mano.

«Ha trovato qualcosa di interessante, signorina?» intervenne Mr Kent.

«Sembra tessuto. Stoffa o pelle di qualche tipo. Era sotto le unghie di Watson.»

«Un indizio!» esclamò Larry. «Ma che cosa significa?»

«Mi pare evidente, caro cuginetto» replicò la ragazza. «Significa che abbiamo un modo per identificare il nostro aggressore.»

«Vuoi dire che in tutto quel parapiglia Watson lo ha graffiato?» domandò Larry tutto d'un fiato.

«Bravo!» fece lei. «Vedi che stai diventando un grande detective?»

«Troppo gentile» rispose Larry lisciandosi pomposamente le unghie sulla maglietta. «A volte mi stupisco anch'io dei miei lampi di genio.»

Zio Bud e Mr Kent trattennero a stento le risate.

6. Le rivelazioni di Mrs Lombard

Villa Lowenthal era circondata da un'imponente recinzione in muratura. Palme d'alto fusto e siepi di buganvillea rendevano impossibile distinguere, da fuori, l'interno del giardino.

Bud parcheggiò davanti alla mastodontica cancellata in ferro battuto. Su ogni anta le iniziali del produttore, una S e una L, si abbracciavano formando un elegante monogramma.

Una guardia armata, scortata da un nervoso pastore tedesco al guinzaglio, sbucò da dietro un palmizio e intimò loro di togliersi di torno.

Agatha spiegò che avevano un appuntamento con

Mrs Lombard e, nel giro di qualche minuto, furono fatti entrare.

La facciata dell'edificio a due piani ricordava le vecchie ville spagnole. Il portico della veranda presentava arcate, tegole rosse e decorazioni in stucco.

Il maggiordomo, in rigida attesa sulla porta, li invitò educatamente ad accomodarsi.

«Forza, cuginetto» scalpitò Agatha. «È il momento di scoprire il vero colpevole!»

«Perché, si nasconde qui dentro?» chiese stupito Larry.

Agatha sospirò sconsolata e varcò l'ingresso. L'interno della villa strideva con l'esterno. Pavimenti in marmo maculato, mobili dalle forme allungate e un'ampia scalinata che portava al piano superiore. Sulle pareti erano appesi quadri astratti capaci, dopo una sola occhiata, di provocare un gran mal di testa.

Il maggiordomo li condusse in un salotto ancora più bizzarro. Il tema della stanza era il mare: divanetti a forma di conchiglie, pesci di terracotta su piedistalli, moquette che ricordava delle alghe in movimento. Rifugiata in un angolo, Mrs Lombard osservava disperata il figlioletto di due anni che scorrazzava senza sosta, badando che non distruggesse ogni cosa.

Era ancora avvolta nel magnifico abito di seta nera che aveva scelto per il ricevimento a cui aveva dovuto rinunciare.

«Ciao, Bud» salutò senza voltarsi. «Questi sono gli amici di cui mi parlavi?»

Lo stuntman presentò il gruppetto, scandendo bene i loro nomi. Solo allora Joan Lombard si girò incuriosita.

«Lo sai che sei un po' ingrassato?» gli disse.

«Già» ridacchiò zio Bud. «Me lo dicono tutti...»

«Non preoccuparti, quella poltrona a forma di *Nautilus* è più solida di quanto sembra» replicò con un ghigno la padrona di casa.

Agatha e compagni interpretarono quel commento come un invito a sedersi e a illustrare la situazione.

La donna però sembrava distante. «Qualcuno di

voi potrebbe aiutarmi con mio figlio Thomas?» disse poi all'improvviso con voce implorante. «Di solito a quest'ora gioca con la sua baby-sitter e io non so proprio come fermarlo...»

Il piccolo stava rincorrendo Watson tra le finte alghe dei tappeti, ridendo di felicità. Si rotolò e saltellò, sbattendo pericolosamente contro un piedistallo sormontato da una tartaruga. Mr Kent intervenne un secondo prima che crollasse.

A un cenno eloquente di Agatha, il maggiordomo si disse disponibile a badare che Thomas e Watson non si facessero male.

«Grazie» sospirò la donna sistemandosi i capelli rosso fuoco. «Veniamo a noi.»

Agatha si limitò a tirare fuori dalla tasca la foto trovata a casa di Edwards, raccontando ciò che era accaduto qualche ora prima nell'abitazione dello sceneggiatore scomparso.

«Allora Tony è sparito?» mormorò Mrs Lombard sbocconcellando dell'uva rosa.

«Così sembrerebbe» rispose Agatha. «Vorremmo scoprire che cosa gli è accaduto.»

Un altro acino d'uva, poi la donna aggiunse: «Non so dove sia. Dopo avere consegnato la sceneggiatura di quel film maledetto era molto depresso. Morrison lo ha trattato come uno straccio».

«È stata lei, quindi, a raccontare l'accaduto a suo marito?» intervenne la ragazza.

«Sì. Poi Saul ha messo in giro la voce per infastidire Morrison, ma il povero Tony è diventato lo zimbello di tutti» concluse Mrs Lombard con amarezza.

«Quando è stata scattata questa foto?» domandò Agatha.

«Circa un mese fa. Ci siamo conosciuti in passato su un set, quando io facevo ancora l'attrice, e da allora ci siamo sempre frequentati regolarmente. Quella sera in particolare avevo proposto a tutti di incontrarci al luna park di Santa Monica per tirare su il morale a Tony. Ma l'idea si è rivelata davvero sbagliata...»

«Perché? Che cos'è successo?» intervenne Larry.

Joan Lombard passò all'uva ambrata, controllò il figlio e iniziò a raccontare: «Monty voleva cambiare la storia del film per adattarla alle sue smanie artistiche. E così Morrison ha preso la palla al balzo e ha potuto far valere la clausola del contratto di Tony, che lui stesso aveva inserito, secondo la quale non sarebbe stato pagato se la sceneggiatura fosse stata modificata».

«Quindi Tony aveva il dente avvelenato nei confronti del signor Montgomery?» domandò Agatha.

«Certo! Poco mancò che venissero alle mani. Eppure detestavano entrambi Morrison…»

«Ma perché il regista avrebbe dovuto avercela con il produttore?» la interruppe Larry.

«Morrison voleva che il film fosse terminato alla svelta, mentre Monty era capace di girare la stessa scena decine di volte. Pretendeva di raggiungere "l'apice artistico", per usare le sue parole. Morrison, durante tutta la giornata delle riprese, lo aveva incalzato perché si sbrigasse e Monty non l'aveva mandata giù. Quella sera al luna park il regista non ha fatto altro che strepitare: "Gli rovino il film! Anzi, rovino lui!" Era furioso e per poco non è caduto a furia di agitare il suo bastone.»

Zio Bud pensò che fosse il caso di aggiungere qualche spiegazione. «Vedete, ragazzi» disse rivolto a Larry e Agatha «a Hollywood i rapporti fra le persone sono sempre un po' tesi. C'è troppa carne al fuoco:

la carriera, l'immagine, gli sponsor. Per questo è difficile mantenere un comportamento esemplare.»

«A Hollywood bisogna anche muoversi velocemente» continuò Mrs Lombard. «Monty, invece, è un tipo riflessivo e meticoloso. Morrison lo accusava di essere lento a girare, proprio come lo era a camminare. E questo lo offendeva più di tutto.»

«Quindi il bastone lo usa perché ne ha davvero bisogno, non per darsi un tono» osservò Agatha.

«Purtroppo sì» disse dispiaciuta la donna. «Ha una malattia degenerativa alle gambe. Si trascina a fatica. Fra qualche anno anche il bastone sarà inutile.»

Mrs Lombard fece una pausa e porse il vassoio della frutta ai suoi ospiti, che accettarono volentieri.

Intanto Mr Kent sembrava divertirsi un mondo a lanciare in aria il piccolo Thomas.

«Che cos'altro è accaduto quella sera?» domandò Agatha.

«Devo dire che Jimmy fece del suo meglio per rendere il clima rovente. Sparava le sue battutine

a raffica. Diceva che il suo scopo era tirare su il morale a Tony. Ma il risultato era che lo faceva irritare sempre più. Jimmy è così. Un pagliaccio» disse la donna. Si interruppe un attimo, prese fiato e continuò: «Nella sua carriera Jimmy ha recitato solo in film comici. È come se si sentisse in dovere di fare battute. Purtroppo non si è ancora reso conto di essere ridicolo, non comico».

«Allora perché lo hanno scelto come protagonista di *Errore fatale*?» domandò Larry.

«Chissà? Forse perché dietro a ogni clown c'è una figura tragica...

So soltanto che Jimmy era felice perché questo film gli avrebbe permesso finalmente di recitare un ruolo serio. Insomma, era la sua grande occasione.» Si interruppe il tempo necessario per addentare una fetta di avocado. «Ma so anche che Morrison non era soddisfatto di lui e della sua recitazione: meditava di sbatterlo fuori e sostituirlo. Almeno secondo la versione di Monty, che non può fare a meno di gettare fango sulla gente...»

«Davvero una bella serata!» commentò Larry.

«Tony stava per mollargli un cazzotto, ma poi si è intromessa Liz ed è mancato poco che fosse lei a beccarselo. Anzi, ne ha rischiato più di uno.»

«Quindi Edwards è un violento?» chiese Agatha.

«Non direi. È solo che fra Tony e "Liz tesoro" il clima era rovente» rispose Joan Lombard. «Vedete, i due sono stati insieme per un breve periodo, poi lei lo ha lasciato. Tony non era abbastanza ricco e potente per i suoi gusti e probabilmente non lo sarebbe mai diventato. Tony non glielo ha perdonato.»

Zio Bud scosse la testa. «Non avrei mai detto che la graziosa signorina Prentiss fosse un'arrampicatrice sociale...»

«E non è solo questo. È pure sgarbata e insensibile, anche se riesce a nasconderlo bene dietro le sue moine. Quella sera non perdeva occasione per sottolineare quanto Tony fosse stato stupido a farsi incastrare da Morrison. Lo apostrofava continuamente, dandogli dell'idiota.»

«Me la sarei presa anch'io!» tuonò zio Bud.

Mrs Lombard ridacchiò. «Come se "Liz tesoro" fosse molto più furba...»

«Cioè?» la incoraggiò Agatha.

«Le era stato offerto un ruolo molto più remunerativo in un'altra pellicola e aveva chiesto a Morrison di sciogliere il contratto. Morrison le ha riso in faccia: le aveva fatto firmare un contratto quinquennale e non intendeva certo lasciarla andare. Nell'altro film avrebbe guadagnato quanto alla Morrison Pictures in cinque anni» rivelò concitata. «Su Morrison ne ha dette di tutti i colori. Poi a un certo punto ha cambiato registro e Morrison è diventato il dolcissimo "Robert tesoro".»

«Uhm» mormorò Agatha picchiettandosi il naso. «Di certo deve essere accaduto qualcosa...»

«Sono d'accordo, ma non mi interessa. Con me ha chiuso» aggiunse acida la donna.

«Ma allora perché la frequentava?» obiettò il giovane Mistery.

«Lo facevo per Tony. Credo che fosse ancora innamorato di lei» rispose la rossa.

«Vuole molto bene a Tony, vero, Mrs Lombard?» chiese Agatha.

«Come a un fratello» ammise lei.

«E non ha idea di dove possa essere andato? Un amico o un parente?» s'informò la ragazza.

«Non ha parenti. E forse neanche amici. Passa tutto il tempo a scrivere nella sua stamberga. Al massimo gli capitava di frequentare le persone con cui lavorava. Ma poi, finito il film, rimaneva da solo.

Aveva preso in simpatia Monty e Jimmy… chissà perché…» rispose Mrs Lombard. L'ultimo morso di avocado. «Lo troverete?» chiese poi preoccupata.

«Faremo il possibile, Mrs Lombard» la rassicurò Agatha. «Ci perdoni, adesso dobbiamo andare. La ringraziamo per il suo aiuto.»

«Grazie a voi, che mi avete permesso di sfogarmi un po'» rispose. Poi ispezionò la stanza in cerca del figlio e notò che si era addormentato sul tappeto. «E grazie a lei per la sua pazienza, Mr Kent.»

«Dovere, signora» replicò il maggiordomo con un inchino.

Qualche minuto dopo erano di nuovo a bordo dell'Impala di zio Bud.

«Ho un'altra brutta sensazione» sbuffò Larry. «Temo che la nostra indagine non sia avanzata di un centimetro dopo questa chiacchierata.»

«Non direi proprio» obiettò Agatha con un lampo nello sguardo. «Adesso, cari amici, so chi è il colpevole!»

7. Esterno notte

«Dobbiamo sbrigarci a raggiungere il set sulle colline di Hollywood» li sollecitò Agatha. «Il sabotatore potrebbe colpire da un momento all'altro!»

Zio Bud fece velocemente inversione e lanciò la Chevrolet Impala come un proiettile nella notte. Per l'accelerazione il berretto di Larry volò via all'improvviso, ma il giovane detective, che aveva ben altri pensieri, sembrò non curarsene troppo.

«Hai davvero capito chi è stato?» domandò speranzoso, guardando negli occhi Agatha.

«Sì, cuginetto. Ho solo un piccolo dubbio che, quasi certamente, fugheremo subito» rimuginò lei mordicchiandosi le labbra. Poi, d'un tratto, cominciò a parlare come una mitraglietta. «Prova a collegarti con l'EyeNet alla Screen Actors Guild ed esegui una ricerca inserendo il nome di Liz Prentiss.»

«Screen Actors Guild? Per favore, mi spieghi di che cosa si tratta?» chiese il ragazzo visibilmente confuso.

Zio Bud bruciò tutti sul tempo. «È il sindacato che rappresenta legalmente gli attori del cinema e della televisione per evitare che i datori di lavoro si approfittino di loro» cercò di sintetizzare. «Ogni contratto stipulato con le case di produzione è reso pubblico fin nei minimi dettagli.»

«Ho letto nel dossier della scuola che Liz Prentiss è iscritta al sindacato» aggiunse Agatha. «Se vuoi, puoi controllare.»

«E perché mai dovrei farlo?» sbuffò Larry. «So bene, mia cara cuginetta, che hai la memoria di un elefante!»

Iniziò a digitare velocemente il nome del sindacato sull'EyeNet e a setacciare centinaia di pagine alla velocità della luce. La sua ricerca si rivelò ben presto un successo.

«Mamma mia!» sibilò. «A quanto pare, Liz Prentiss si è legata alla Morrison Pictures per cinque anni di fila, in cambio di un sacco di milioni!»

«Perfetto» affermò Agatha. «Proprio quello che pensavo.»

«Mi sfugge l'importanza di questo indizio, signorina» confessò Mr Kent.

«Fra poco lo scoprirete» promise lei ritornando a meditare in silenzio, con gli occhi socchiusi, come se fossero due fessure.

Rimasero tutti zitti per alcuni minuti, mentre zio Bud continuava a sfrecciare nel traffico.

«Ormai ci siamo» annunciò lo stuntman. «Il set di *Errore fatale* è a un tiro di schioppo!»

Dopo alcune brusche curve, la Chevrolet imboccò Canyon Drive, una delle strade che serpeggiavano sulle aspre colline di Hollywood. Proseguì fulminea per un lungo tratto e superò la segnaletica che sbarrava l'area delle riprese.

Il set del film apparve subito come un mondo in pieno fermento. Uomini e donne della troupe correvano indaffarati, urlando messaggi a squarciagola. I tecnici delle luci si erano arrampicati sulle gru per regolare i riflettori. Le telecamere erano state piazzate in punti strategici, tranne la più grande che scorreva su un carrello a rotaie. Ogni tanto gli addetti ai lavori si voltavano a guardare Montgomery che, seduto sulla sua sedia da regista, gridava istruzioni e gesticolava con veemenza.

Poco lontano, vicino a una roulotte, Liz si osservava in uno specchio, mentre la truccatrice, rossetto e fondotinta alla mano, terminava di effettuare gli ultimi ritocchi. Lì accanto, un gruppo di meccanici lavorava alla carrozzeria delle auto che sarebbero state utilizzate nella scena dell'inseguimento.

Robert Morrison, solo in un angolo, scrutava l'orizzonte, oltre il ciglio della strada. Forse temeva che Tony Edwards, nascosto nel buio tra cactus e cespugli, potesse piombargli addosso improvvisamente. Sussultò quando Agatha e gli altri gli si avvicinarono da dietro.

«Scusate, credo di essere un po' nervoso» ammise massaggiandosi le tempie. «Questa scena è fondamentale per il film… Ci mancavano solo le minacce di quel farabutto!» disse guardando il gruppetto.

«Il suo stato d'animo è comprensibile, signor Morrison» lo rassicurò Agatha. «Ma prima del ciak dobbiamo parlare in privato con lei e con gli altri.»

Richiamato da un gesto secco del produttore, Montgomery si alzò dalla sedia bofonchiando qualcosa fra sé e si trascinò lentamente, appoggiandosi al bastone. Liz, invece, arrivò con una corsetta plateale, stringendosi nel suo abito da diva anni Quaranta.

«Dove diamine è finito James?» urlò Morrison rivolgendosi a un'assistente magra come un chiodo.

Lei indicò l'attore che stava gironzolando intorno a una vecchia Packard.

Chiamato a gran voce dal produttore, anche Hill raggiunse il gruppo. «Allora, avete acciuffato quel criminale di Tony?» pronunciò sprezzante. «Morrison ci ha avvisato del pericolo… Temiamo che possa trovarsi qua intorno.»

Agatha guardò negli occhi i suoi interlocutori, uno dopo l'altro, come se volesse cogliere i loro pensieri. Poi, di punto in bianco, iniziò a parlare. «Non siamo stati del tutto sinceri con voi» rivelò. «Riteniamo che il signor Edwards non sia il responsabile degli incidenti e delle lettere minatorie. Anzi, abbiamo ragione di credere che il colpevole sia proprio uno di voi.»

«Ma… ma come?» balbettò Morrison incredulo. «E per quale ragione dovremmo essere noi i colpevoli?»

«Più tardi vi spiegherò ogni cosa per filo e per segno» promise Agatha. «Ma ora vorrei che mi mostraste tutti le vostre mani.»

Le occhiate interrogative dei quattro sospettati si incrociarono con quelle impassibili di Larry, Mr

Kent e zio Bud. I compagni si fidavano dell'intuito di Agatha e non proferirono parola.

«Non se ne parla!» esclamò il regista sventolando minaccioso il bastone. «Tutto questo è offensivo, ragazzina!»

«Può protestare finché le pare, Montgomery» lo fulminò zio Bud. «Ma adesso stia buono e ci faccia vedere le mani.»

«Su, Monty» sospirò Morrison. «Prestiamoci a questa buffonata e facciamola finita una buona volta.»

«Forza!» li sollecitò Larry.

Liz Prentiss tese le mani con i palmi rivolti verso il basso, presto imitata da tutti gli altri.

Agatha, spalleggiata da zio Bud, passò in rassegna le otto mani.

«E allora, cuginetta?» chiese Larry, ansioso, mordendosi le unghie.

Sul gruppetto calò un silenzio irreale.

«Adesso possiamo tornare al lavoro? La signorina ha fatto un buco nell'acqua o sbaglio?» commentò

James in tono canzonatorio, guardando di sottecchi Agatha, che era lì accanto.

In quel preciso istante lei fece un cenno a Bud, che afferrò all'improvviso il braccio destro dell'attore, gli girò il polso e sollevò la manica della giacca.

Sotto una benda elastica, si vedevano tre graffi nella parte interna dell'avambraccio.

«Ah-ah!» esultò Larry. «Ecco a voi il misterioso sabotatore!»

James Hill scoppiò in una risata nervosa. Poi, con uno scatto improvviso, estrasse una pistola con la mano sinistra e la puntò verso Bud.

«Adesso mollami, bestione» ringhiò.

Bud lasciò la presa e indietreggiò in mezzo agli altri.

«Rimanete calmi e nessuno si farà male» aggiunse Jimmy. Con un ghigno stampato sul viso, corse verso la Packard. Salì, mise in moto e partì sgommando sotto gli occhi meravigliati della troupe.

«Presto, zio! Andiamo!» gridò Agatha saltando a bordo della Chevrolet decappottabile.

Larry e Mr Kent la raggiunsero nell'istante in cui zio Bud partiva all'inseguimento, facendo ruggire il motore. «Tenetevi forte, adesso lo riprendiamo!» esclamò.

«Non sarà difficile» disse Larry alla cugina. «La macchina di Jimmy è un vecchio macinino!»

«Guarda che è un'auto di scena» spiegò lei tenendo gli occhi fissi davanti a sé. «La carrozzeria sembra d'epoca, ma il motore è moderno.»

«Non lo sapevo...» ammise Larry deluso.

Fiondandosi come una saetta rossa, l'Impala si inerpicò sulle colline. Larry osservava le scure pareti dei canyon ai lati della strada che saliva sempre più in alto.

Le gomme stridevano quando Bud tagliava le curve per non perdere velocità. Alcuni tratti del percorso costeggiavano i fianchi scoscesi, che si aprivano su letali precipizi. Hollywood e tutta la vallata di Los Angeles diventarono un arazzo indistinto di luci colorate.

«Eccolo!» gridò Mr Kent puntando il dito.

Cento metri più avanti era apparso il baluginio dei fanali posteriori della Packard, prima di sparire dietro l'ennesimo tornante.

«L'abbiamo quasi raggiunto!» esultò Larry.

«Aspetta a cantar vittoria, nipote!» lo avvisò Bud Mistery, curvato sul volante come un pilota.

Il boato dell'Impala faceva venire in mente il richiamo di giganteschi mostri preistorici. E come un dinosauro famelico, zio Bud divorò la distanza che lo separava dalla Packard fino a incollarsi a pochi centimetri.

HOLLYWOOD

«Adesso state attenti, ragazzi!» ammonì Bud.

Con bruschi colpi di acceleratore e sterzate improvvise, l'Impala iniziò a urtare l'auto di James Hill.

«Bravo, zio! Cerca di farlo accostare!» esclamò Agatha.

Il fuggitivo tentava di sottrarsi alla manovra dello stuntman, senza successo. L'ultimo colpo lo fece sbandare e lo costrinse a curvare a sinistra a una velocità così elevata che le ruote si sollevarono da terra.

«Lo prendo!» gridò zio Bud.

Come una furia, l'Impala piombò sulla parte posteriore della Packard. L'auto di Hill ruotò su se stessa, andando a schiantarsi contro un traliccio dell'alta tensione. Il parabrezza si scheggiò in mille pezzi.

L'Impala invece slittò sull'asfalto e prese a sbandare. Con un rapido controsterzo, Bud schivò il palo, ma non riuscì a evitare un muretto di cemento, che centrò in pieno.

Poi sulle colline di Hollywood calò il silenzio.

8. L'INSEGNA DI HOLLYWOOD

Agatha si guardò attorno. Aveva chiuso gli occhi mentre andavano a sbattere contro il muretto, ma la cintura di sicurezza l'aveva protetta dall'urto.

Erano finiti in un largo spiazzo con alcuni edifici sormontati da un'enorme antenna, forse un ripetitore televisivo.

La ragazza puntò lo sguardo verso il traliccio. Vide Hill con il volto insanguinato uscire dalla Packard e allontanarsi barcollando.

«Ahia! Che botta!» si lamentò Larry dal sedile posteriore.

Zio Bud si stava riprendendo lentamente. L'impatto lo aveva stordito. Ma al grido di Agatha saltò fuori dall'Impala, subito seguito dagli altri.

«Presto, zio! Sta scappando!» lo incitò la ragazza.

Hill camminava con passo incerto. Raggiunse il ciglio della collina, poi svanì, avvolto da uno strano bagliore.

Il gruppo si lanciò sulle sue tracce. Poco più in basso, la scritta *HOLLYWOOD* si stagliava verso il cielo in tutti i suoi quattordici metri di altezza, mentre Hill sembrava minuscolo, appoggiato alla lettera L.

«Arrenditi!» gridò Larry correndogli incontro.

«Aspetta, cugino, sta' attento!» urlò Agatha, mentre il rumore di un'altra automobile giungeva dallo spiazzo. Con la coda dell'occhio, lei vide una Cadillac che frenava accanto all'Impala. A bordo c'erano Morrison, Liz e Montgomery, che scesero subito dalla macchina.

Larry si era fermato di fronte a Hill, che ansimava distrutto, la faccia tirata per il dolore.

«È finita, amico» disse il giovane detective con

HOLLY

un'espressione da duro. «Sono l'agente LM14, arrenditi immediatamente!»

Ma, invece di obbedire, l'attore lo afferrò improvvisamente per il collo. Si appostò dietro di lui e gli puntò la pistola alla tempia. «Non è ancora il momento dei titoli di coda» urlò al gruppetto che faceva capolino. «Non fate scherzi o il ragazzo si farà male!»

Si misero tutti in cerchio intorno a Hill.

«Liberalo e affrontami da uomo» ringhiò zio Bud stringendo i pugni. Mr Kent, al suo fianco, fece scrocchiare le nocche minaccioso.

Larry sentiva il metallo freddo della pistola premere sulla tempia. La testa gli pulsava, ma avvertiva l'eco, sempre più vicina, delle parole del *sensei* Miyazaki: "Respira, Scoiattolo Pigro, respira... concentrati e tornerà il sereno..."

Il metallo divenne improvvisamente meno freddo e le pulsazioni sempre più deboli. Ricordò la prova delle funi e immaginò che tutto si muovesse al rallentatore. Anche la voce minacciosa di Hill era lontana, come in un sogno.

«Respira, Scoiattolo Pigro...» ripeté a se stesso.

Respirò, liberandosi dai pensieri. Poi con una rapida piroetta riuscì a sgusciare via dalla presa di Hill e a spostarsi di lato colpendo l'attore sul polso.

Hill perse la pistola e si voltò giusto in tempo per vedere il pugno di zio Bud che si abbatteva sul suo viso con la potenza di un treno in corsa. Fu allora che stramazzò sotto l'insegna.

«Bravo, nipote!» si congratulò Bud con un abbraccio da orso. Anche gli altri lo circondarono e si complimentarono per la mossa con cui si era liberato.

«È la Torsione dell'Anguilla» gongolò Larry. «Siamo in pochi al mondo a conoscerla!»

Agatha lo prese da parte e gli scoccò un bacio sulla guancia. «Hai rischiato grosso, cuginetto» gli sussurrò. «Il cuore mi pulsava impazzito come se avessi la tachicardia.»

«Tachicosa?» fece lui stranito.

Capitolo 8

«Lasciamo perdere» gli sorrise Agatha. «Dobbiamo sistemare ancora molte cose.»

Tornarono tutti al piazzale. Era buio e deserto. L'unica presenza era la Cadillac.

Morrison fu il primo a rompere il silenzio. «Signorina, se adesso volesse spiegarci…» disse.

Agatha non aspettava altro e ricapitolò gli eventi dall'aggressione a casa di Tony Edwards.

«…così Watson si è lanciato sull'intruso. Solo dopo

ci siamo accorti che lo aveva graffiato...» spiegò la ragazza.

«...perciò le ferite ci hanno portato dritti al colpevole!» concluse Larry per lei.

«Tutto qui? Tutto merito di un gatto?» osservò Montgomery, scontroso come sempre.

«No, signor Montgomery» riprese Agatha. «Sapevo già che il responsabile doveva essere uno di voi quattro perché eravate gli unici al corrente della nostra indagine. E anche gli unici a sapere che avremmo fatto visita a Lowenthal la mattina seguente.»

«Così James Hill ci ha seguiti per tutto il tempo, non è vero, signorina?» intervenne Mr Kent.

«Esattamente. Inoltre Hill sapeva benissimo che Saul Lowenthal ci avrebbe messo sulla pista di Tony Edwards. Come ci ha confessato la moglie, Lowenthal raccontava a chiunque della truffa del signor Morrison nei suoi confronti...» continuò Agatha.

«Non era una truffa!» cercò di giustificarsi Morrison. «Era...»

«Non è il momento» lo zittì Agatha. Poi riprese: «Quindi Hill era sicuro che saremmo andati all'appartamento di Tony. Aveva già predisposto ogni minimo particolare per incastrarlo e lo aveva fatto sparire dalla circolazione».

«Ma allora dov'è finito "Tony tesoro"?» chiese Liz allarmata.

«Sospetto che sia legato e imbavagliato da giorni in qualche luogo. Forse in una cantina» le rispose Agatha dispiaciuta.

Morrison si guardò attorno smarrito. «Come avete fatto a escludere Lowenthal?» chiese.

«Dopo l'aggressione abbiamo telefonato alla signora Lombard, che era con il marito» spiegò la ragazza. «Anche lei, signor Morrison, non poteva essere il colpevole, perché l'abbiamo chiamata subito dopo. Beverly Hills e Century City sono troppo distanti dalla casa di Tony. Quindi tre possibili sospettati erano da eliminare per una questione di tempistiche.

«Allo stesso modo» continuò «la chiacchierata con Mrs Lombard ha scagionato Montgomery. Per le sue precarie condizioni di salute è costretto a usare il bastone, mentre il nostro aggressore si muoveva con grande rapidità.»

«Sono ancora in forma come un giovanotto, cara la mia ragazzina impertinente!» sbottò il regista.

«Non ne dubito, signor Montgomery» si scusò Agatha.

«Però non avevate motivi per sospettare di me!» dichiarò Liz con voce petulante.

Agatha sospirò profondamente, liberandosi dai pensieri. Poi con una rapida piroetta riuscì a sgusciare via dalla presa di Hill e a spostarsi di lato colpendo l'attore sul polso.

«Quando ho scoperto del suo contratto milionario con il signor Morrison, ho avuto la conferma che neanche lei poteva avere interesse a compromettere il film, signorina Prentiss. E così, per esclusione, abbiamo capito che il responsabile di tutto era Jimmy.»

«Esattamente, cuginetta» esultò Larry, che aveva perso metà del discorso ripetendo la sua mossa su Mr Kent.

«Ancora non capisco perché Jimmy abbia fatto tutto questo...» osservò Morrison con amarezza.

«Dovremmo chiederlo a lui, non è vero signor Hill?» replicò Agatha rivolgendosi al prigioniero.

L'attore alzò la testa. La ferita dell'incidente e il pugno di Bud avevano cancellato la sua eterna espressione allegra. «Volete sapere perché l'ho fatto?» disse all'improvviso. «Semplice! Ero con l'acqua alla gola e questo film rappresentava la mia ultima possibilità di riscattarmi da una carriera fallimentare. Dunque avrei fatto qualsiasi cosa perché tutti i giornali del mondo parlassero della pellicola. Il protagonista di un film maledetto, capite? Pieno di incidenti! Con uno sceneggiatore vendicativo che aveva minacciato di morte la troupe. Quale migliore pubblicità per regalarmi il successo che mi merito?» La rabbiosa confessione lasciò i presenti senza parole. «Ero sicuro che questo film sarebbe stato un fiasco. Allora ho pensato ai sabotaggi. Ho rapito Edwards. Ho inscenato le minacce. Sapevo che, quando la notizia fosse circolata, la gente lo avrebbe considerato un capolavoro, anche se non lo era. Sarebbe accorsa a frotte per vederlo, e io sarei entrato nella leggenda! E invece...» concluse Jimmy. La sua voce si smorzò e l'espressione sbruffona scomparve, sostituita da tristezza e rassegnazione.

«Dovremmo chiamare la polizia» suggerì Larry.

«La polizia è già qui» disse qualcuno alle sue spalle.

Il ragazzo si voltò e vide zio Bud che estraeva il distintivo scintillante della polizia di Los Angeles. Un attimo dopo si chinò per ammanettare James Hill e gli recitò: «Lei è in arresto. Da questo momento tutto quello che dice potrà essere usato contro di lei».

«Ben fatto, zio!» ridacchiò Agatha osservando la faccia incredula di Larry. «E grazie di tutto l'aiuto che ci hai dato nell'indagine!»

«Ma...» balbettò il giovane detective. «Mi sono forse perso qualcosa?»

MISSIONE COMPIUTA

Le autopattuglie della polizia accorsero in un baleno sulla spianata fra le colline di Hollywood per prelevare e portare in carcere James Hill, che nel frattempo aveva confessato a Morrison e colleghi dove teneva imprigionato il povero sceneggiatore di *Errore fatale*.

Tony Edwards era rinchiuso nella cantina sotto la villetta dell'attore, situata nella periferia a nord di Los Angeles, proprio come aveva immaginato Agatha. Venne liberato nel giro di un'ora: era stato narcotizzato e non aveva la minima idea di cosa gli fosse successo.

La missione era stata un grande trionfo.

Larry, però, non stava festeggiando come al suo solito e si aggirava intorno alla Chevrolet con il muso lungo. «Mi avete nascosto per tutto il tempo che zio Bud è un detective?» domandò per l'ennesima volta ad Agatha e Mr Kent in tono deluso. «Dunque ho lavorato, senza saperlo, con un parente che fa il mio stesso mestiere?»

«Non è proprio così, caro cugino» ribatté Agatha stando sul vago. «Fra poco ti sarà tutto chiaro.»

«Anch'io ne ero all'oscuro» lo confortò Mr Kent. «Miss Agatha me lo ha rivelato solo durante il volo in aereo, quando lei si è addormentato.»

Larry fece spallucce. «Questo non mi consola affatto» dichiarò.

Terminate le deposizioni e svolti gli ultimi accertamenti, zio Bud giunse fischiettando alla macchina. «Pronto a tornare nell'ombra» disse raggiante. «Sarò di nuovo un ex pilota e uno stuntman che si diletta a truccare favolose auto d'epoca!»

«Tornare nell'ombra?» ripeté Larry, sempre più confuso. «Che cosa significa?»

Lui spiegò con calma: «Sono un agente sotto copertura, nipote. Lavoro in incognito. Mi occupo di grossi traffici illegali su cui, ovviamente, mantengo il massimo riserbo».

Larry sgranò gli occhi, estasiato dalla rivelazione. «Ma questa è roba che scotta!» esclamò. «Mi sembrava troppo strano che un Mistery facesse un mestiere normale come lo stuntman!»

La frase generò uno scoppio di ilarità nella combriccola.

Quando le risate si placarono, Larry si rivolse alla cugina con un finto tono di rimprovero. «Perché non me lo hai detto prima? Potevamo risolvere il caso in quattro e quattr'otto!»

Zio Bud lo afferrò con le sue braccia forzute e lo depose sui sedili dell'auto. «Io e Agatha ci siamo accordati fin da subito che fossi tu a condurre l'indagine» disse allegro. «Il merito è solo tuo, agente

LM14. Ho visto come ti muovi sul campo. Formidabile!»

Il volto di Larry divenne paonazzo per l'emozione, soprattutto quando notò le espressioni soddisfatte della cugina e del maggiordomo. Solo Watson gli rivolse un miagolio di sufficienza.

«E adesso andiamo tutti a festeggiare!» esclamò Agatha.

«Ottima idea» convenne zio Bud. «Vi porto in un bel posticino sulla baia, dove servono le migliori aragoste della California.»

Avviò la Chevrolet e scese dalle colline tracciando delle curve morbide, senza fretta. Un'ora dopo si accomodarono al tavolo dell'Old Crab, un ristorante di specialità di mare con arredi in stile piratesco. Un giovane mozzo con la benda sull'occhio prese le ordinazioni scrivendole con una penna a forma di uncino. Le luci basse delle lanterne e le pareti di legno massiccio facevano pensare alla stiva di una nave corsara.

«Vengo sempre qui quando ho bisogno di un po' di relax» disse zio Bud, in attesa dei piatti. «Mi piace l'atmosfera calda, intima e accogliente. Sapete, la vita a Los Angeles è decisamente frenetica e non c'è mai un attimo di tregua.»

«Ce ne siamo accorti» annuì Agatha. «Specialmente a Hollywood e dintorni. Sembrano tutti smaniosi di raggiungere il successo. Anche a costo di perdere il senno.»

«Preferisco la quiete dei miei rododendri» commentò Mr Kent.

Larry, che era rimasto zitto per un po' a gustarsi i messaggi di congratulazione inviati dalla scuola, appoggiò i gomiti sul tavolo con fare spavaldo. «Io invece mi sento a mio agio qui a Los Angeles» affermò. «È la città ideale per un detective: indagini, inseguimenti, sparatorie, agenti infiltrati...»

«Un bravo detective, però, non dimentica le sue promesse» lo interruppe Agatha.

Lui sbatté velocemente le ciglia. «Perché, ho scordato qualcosa?»

«Non hai forse detto che eri molto dispiaciuto di aver interrotto la festa per l'anniversario di Mr Kent?» gli ricordò la cugina. «Come pensi di rimediare?»

«Hai ragione» balbettò lui imbarazzato. Poi fissò il maggiordomo e chiese: «Come posso sdebitarmi, Mr Kent? C'è qualcosa che gradiresti?»

Il tuttofare di Mistery House rispose senza esitazione: «Una torta Sacher di cinque strati».

«Giusto, giusto... una Sacher. Vado subito a chiederla! Se non ce l'hanno, andrò a cercarla da un'altra parte!»

Partì spedito verso il bancone, poi uscì dal ristorante mentre gli altri si gustavano gli squisiti gamberi rossi e si sganasciavano dalle risate ogni volta che ricompariva deluso all'ingresso.

Indice

GIOCHI DELL'ESTATE

Troverai tutte le soluzioni in fondo al libro!

OSSERVA L'IMMAGINE

Osserva questa immagine per un minuto, poi coprila e prova a rispondere alle domande. Attenzione, potrebbe essere meno facile del previsto…

RISPONDI ALLE DOMANDE

Domande:

1. Quante aperture ha la tenda?
2. Quali tra questi oggetti non è presente sulla scena?
   Una corda; un martello; una borraccia.
3. Quanti chiodi sono presenti sulla scena?
4. Qual è l'oggetto più vicino al falò spento?
5. Watson è presente sulla scena?
6. Cosa indossa Larry?
7. Quante sono le scatolette di latta?
8. Cosa guarda Agatha?
   La tenda, la giungla o il falò?
9. Quante mani o zampe sono visibili?
10. Il sole splendente è visibile a destra o sinistra?

CACCIA ALL'ERRORE

L'arbitro di questa partita di Beach Volley ha riscontrato una grave irregolarità e non consente quindi che si dia inizio al gioco.
Osserva l'immagine e scopri l'errore che impedisce a Larry e alle sue amiche di proseguire la partita!

MESSAGGIO STELLARE

Decifra il messaggio "stellare", per scoprire cosa sta inquadrando il telescopio di Agatha.

◗✺ ✯✼❍✣✰◗◗✺☆✪✼✶✰

❄✪ ✼✧✪✼✶✰

Chiave stellare:
◗L ✰E ✺A ☆Z ✯C ✪I ✼O ✶N
❍S ❄D ✣T ✧R

QUIZ "L'ENIGMA

Hai letto con molta attenzione *L'enigma del Faraone*? Allora sei pronto per rispondere alle seguenti domande.

1. **Per il suo compleanno, Agatha riceve un pacco postale dai suoi genitori. Che regalo è contenuto al suo interno?**
   a. un libro antico
   b. un cactus… velenoso
   c. una bussola
2. **In quale modo "originale" Larry comunica ad Agatha la destinazione del loro nuovo viaggio?**
   a. le invia segnali di fumo
   b. le spedisce un telegramma in codice
   c. le manda un messaggio con un piccione viaggiatore
3. **In quale città dell'Egitto si svolge la storia?**
   a. Il Cairo
   b. Luxor
   c. Tebe
4. **Che cosa è stato rubato nello scavo archeologico?**
   a. un'anfora di terracotta
   b. un calice
   c. una tavoletta d'argilla
5. **Quanto tempo ha a disposizione Larry per risolvere il misterioso caso del furto nella Valle dei Re?**
   a. tre giorni
   b. un giorno
   c. una settimana

DEL FARAONE”

6. Su quali animali viaggiano Agatha, Larry e Mr Kent per raggiungere la Valle dei Re?

a. cavalli
b. muli
c. dromedari

7. Con quale materiale viene riprodotto il calco della tavoletta del Faraone?

a. cera
b. gomma
c. cemento

8. Chi è il colpevole del furto della tavoletta?

a. Il prof Marchand
b. Frank
c. Tafir

9. Che animale è raffigurato sull’amuleto portafortuna che Agatha, Larry e Mr Kent ricevono in dono alla fine del viaggio?

a. uno scarabeo
b. uno sciacallo
c. un avvoltoio

10. La scrittura degli Antichi Egizi era fatta da…

a. geroglifici
b. parole
c. puntini

CRUCIVERBA DELL'ESTATE

1	2	3	R	4	5		6	7	8
9			■	10		■	11	O	
12			13			14			■
15				O	■	16	O		■
	■		■	17	18		■	19	
■	20 P		D				S		■

ORIZZONTALI

1. In spiaggia, serve a ripararsi dal sole
9. In estate, alle Isole Svalbard, il sole non tramonta…
10. Nei giochi di carte, è solitamente la figura principale
11. Un galleggiante colorato in mezzo al mare
12. Li indossano i bimbi piccoli che non sanno nuotare
15. Città di mare della Liguria, famosa per la sua focaccia
16. Se è acquatico, ospita pesci e animali marini
17. In spiaggia, fa compagnia a lei
19. Se non va giù, allora va…
20. Lo sono le bracciate dei nuotatori professionisti

VERTICALI

1. La cercano tutti se c'è troppo sole
2. La sua acqua è salata
3. Serpente innocuo, tipico di campagne, spiagge e rive dei fiumi
4. Eroe mitologico famoso per le sue dodici fatiche
5. Lui va spesso al mare con…
6. I finestrini tondi delle barche
7. Possono esserlo le giornate piovose in estate
8. Estate Arida
13. Coca Cola
14. Il tipico "dolce far niente" di chi è in vacanza
18. Umidità Relativa

ANIMALI NASCOSTI

Più o meno nascosti, in questo disegno ci sono:

1 serpente	VERO	FALSO
3 tucani	VERO	FALSO
1 coccodrillo	VERO	FALSO
2 uccellini in volo	VERO	FALSO
5 farfalle	VERO	FALSO
1 scimmietta	VERO	FALSO

QUIZ PER

Per essere un bravo detective non basta avere fiuto. Bisogna anche affinare le proprie capacità logico-matematiche. Sei pronto per questa sfida? Allora rispondi alle domande.

1. Un gatto e mezzo in un minuto e mezzo mangiano un topo e mezzo. Quanti gatti servono per mangiare 60 topi in 30 minuti?

2. La somma dell'età di cinque ragazzi è 78. Tra 5 anni quale sarà la somma delle loro età?

3

Qual è il numero XY di due cifre che è il doppio del prodotto di X e di Y ?

4

Secondo quale ordine sono elencati i seguenti numeri?

5 - 2 - 9 - 4 - 7 - 3 – 1

PUZZLE DELL'ESTATE

Risolvi il puzzle cancellando le parole elencate (le trovi in orizzontale, verticale e diagonale). Le lettere rimaste riveleranno il nome di un simpatico abitante dei mari.

S	A	B	B	I	A	N	A	R	G
E	D	A	F	A	E	A	M	I	O
P	R	L	L	F	R	S	I	S	M
P	I	E	N	I	H	C	C	A	M
I	O	N	D	A	N	A	A	I	E
E	R	A	M	E	R	R	O	A	A

AFA
AMICA
BALENA
BARCA
EREDE
GOMME
MACCHINE
NASCAR
ONDA
RANA
REMARE
RISAIA
SABBIA
SCIA
SEPPIE

TROVA LE DIFFERENZE

Aguzza la vista, osserva con attenzione le due immagini e trova i cinque dettagli che le differenziano!

INDOVINA

Osserva le foto e indica in quale nazione sono state scattate. Poi scrivi nell'apposito spazio i luoghi che hai visitato.

_ _ _ _ _ L _

_ _ D _ _

DOV'È

O_ _ _ _ _

_ _ _T_ _ _ _ _I

QUALI PAESI HAI VISITATO?

____

____

RICETTA

In estate non c'è niente di meglio di una sana e fresca merenda da mangiare da soli o in compagnia! Leggi questa semplice ricetta e, con l'aiuto di un adulto, divertiti a preparare gustosissimi...

GHIACCIOLI ALLA FRUTTA FRULLATA

Ingredienti per 10 ghiaccioli:

- 300 gr frutta fresca di stagione
- 400 ml acqua
- 200 gr zucchero

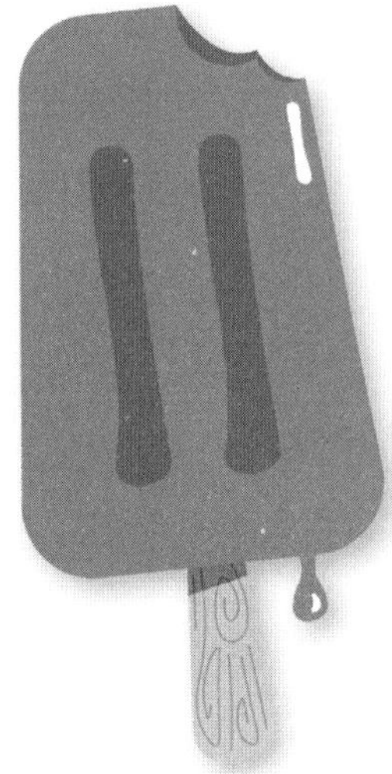

Strumenti:

- ciotola
- stampo per ghiaccioli
- frullatore
- setaccio
- stecchini di legno

Tempo di lavoro:

20 minuti

PER L'ESTATE

Preparazione:

1. Inizia a cucinare lo sciroppo, così potrà raffreddarsi bene. Versa l'acqua e lo zucchero in un pentolino, mettilo a cuocere a fuoco lento (non serve mescolare), quando poi il contenuto si sarà completamente amalgamato e sciolto, toglilo dal fuoco e lascialo raffreddare.
2. Nel frattempo, occupati della frutta. Scegli quella fresca di stagione (in estate puoi trovare fragole, pesche, albicocche, susine, anguria, ecc.). Lavala e asciugala, poi tagliala a piccoli pezzi e trasferiscila in una ciotola. Frullala per ridurla in purea, poi passala al setaccio, per scartare i semini e renderla uniforme. Infine aggiungi lo sciroppo ormai freddo.
3. Prendi lo stampo per ghiaccioli e versa il preparato in ciascuna forma, coprendola fino al bordo. Chiudi lo stampo con l'apposito coperchio e inserisci gli stecchini di legno nei fori del coperchio. In ultimo, metti in freezer a rassodare per almeno 6-8 ore.
4. Non ti resta che chiamare gli amici e organizzare una deliziosa merenda!

Ricorda che... i ghiaccioli alla frutta si conservano in freezer al massimo per 3 settimane!

OCCHIO AL GATTO!

Mr Kent, il maggiordomo di Mistery House, deve cercare Watson, il gatto di Agatha, che si è nascosto nel parco della villa. Aiuta il tuttofare a scovarlo!

INDOVINA CHI

Attorno al fuoco siedono 10 persone.

Agatha	**Susan**	**Mr. Kent**
Bill	**Larry**	**Romeo**
Giulietta	**Mr. Edwards**	**Sara**
Joe		

Sai dire chi siede a destra di Larry… sapendo che:

- Mr. Kent sta in mezzo tra Larry e Agatha
- Agatha ha il piede destro vicino al fuoco
- Bill ha i capelli chiari
- I due gemelli hanno i nomi di una famosa tragedia di Shakespeare
- Sara non sta in mezzo tra Bill e Joe
- A destra dei gemelli siede Joe
- Mr. Edwards non ha i capelli
- Susan non guarda il fuoco

REBUS PER

Un bravo agente segreto è in grado di risolvere qualsiasi mistero se usa un pizzico di creatività e intuizione… E tu? Riesci a decifrare questi rebus?

(frase: 6,5)

C_ _ _ ON _ _ _ _ _

TUTTI I GUSTI

(frase: 3,8,5)

U_ _ _ _R_ _ _ _ _ S_ _TA

(frase: 5,2,8)

FRA_ _ _ _ _ _ _ _ _ _ZIA

QUIZ "INTRIGO

Hai letto con molta attenzione *Intrigo a Hollywood?* Allora sei pronto per rispondere alle seguenti domande.

1. In quale periodo dell'anno si svolge la storia?
a. vacanze di Natale
b. vacanze estive
c. vacanze di Pasqua

2. A quale corso si è iscritto Larry?
a. canottaggio
b. arrampicata
c. arti marziali

3. Dove si trovano i genitori di Agatha all'inizio del racconto?
a. Congo
b. Tasmania
c. Perù

4. Quale "Mistery" abita a Hollywood?
a. zio Bud
b. zia Melania
c. nonno Godfrey

5. Qual è il titolo del film che rischia di essere "sabotato"?
a. Colazione da Brittany
b. Errore fatale
c. Intrigo ad alta quota

A HOLLYWOOD"

6. Con cosa è solito scrivere Tony Edwards, lo sceneggiatore del film?
a. penna stilografica
b. macchina da scrivere
c. computer

7. Chi è colpevole di avere sabotato la realizzazione del film?
a. James Hill
b. Robert Morrison
c. Liz Prentiss

8. Come si chiama la mossa con cui Larry riesce a disarmarlo?
a. Volo del Gabbiano
b. Torsione dell'Anguilla
c. Scatto del Giaguaro

9. Qual è la vera professione di zio Bud?
a. meccanico
b. stuntman
c. agente segreto

10. Dopo avere finalmente risolto il caso, dove vanno a festeggiare Agatha, Larry e tutta la combriccola?
a. in un ristorante
b. al luna park di Santa Monica
c. sulla Walk of Fame

CAPITALI DEL MONDO

Se sei anche tu un cittadino del mondo, proprio come Agatha, metti alla prova le tue conoscenze geografiche e collega le seguenti capitali alle rispettive nazioni.

PARIGI	KENYA
OSLO	PORTOGALLO
DUBLINO	FRANCIA
NAIROBI	PERÙ
IL CAIRO	NORVEGIA
LIMA	EGITTO
NUOVA DELHI	IRLANDA
LISBONA	INDIA

CONTA LE PALME!

Agatha, insieme a Larry, Mr Kent, zio Bud e Watson, sta attraversando il giardino di Villa Lowenthal, e sa che qui ci sono 22 palme in più rispetto al giardino di Villa Prentiss, dimora della famosa attrice hollywoodiana. Un giardino, visitato in precedenza, che ha 10 palme in meno di quello di Villa Montgomery, casa del noto regista.

Sapendo che a Villa Montgomery c'erano in origine 21 palme, ma che poi ne sono state abbattute 6… sai dire quante sono le palme del giardino di Villa Lowenthal?

TROVA I PERSONAGGI

Osserva attentamente l'immagine: tra la folla si sono mescolati due loschi criminali che sono ricercati dall'Eye International. Aiuta Larry a smascherarli, seguendo questi indizi…

MISTERIOSI

A. L'agente 1 non ha baffi né barba, non porta borse a tracolla né copricapi e ci vede bene.

B. L'agente 2 è del sesso opposto a quello dell'agente 1 e porta il cappello…

E F G H

CHE PAURA!

I nostri amici si trovano nella giungla e… hanno di che avere paura, non solo perché hanno incontrato una pericolosa tigre! Osserva attentamente l'immagine e scopri qual è il particolare strano e fuori posto nell'illustrazione.

SCOPRI L'ANAGRAMMA

Osserva i verbi elencati. Solo uno è l'anagramma perfetto che corrisponde al nome di un'importante nazione europea. Scopri in quale Paese abita Helmut Mistery, a cui Agatha deve mandare un importante messaggio in codice.

STUDIARE

MANGIARE

DORMIRE

SALTARE

BERE

LAVORARE

_ _ _ _ _ _ _ _

SOLUZIONI

OSSERVA L'IMMAGINE E RISPONDI ALLE DOMANDE

1. Una sola; **2.** Una borraccia; **3.** Sei; **4.** Il martello; **5.** Sì; **6.** Una camicia e dei pantaloncini; **7.** Una sola; **8.** Il falò; **9.** Sette; **10.** Domanda trabocchetto! Il sole non è visibile.

CACCIA ALL'ERRORE

Nella parte di campo in primo piano ci sono 5 giocatori (4 ragazze più Larry in battuta), dall'altra parte della rete ci sono invece solo 3 giocatrici. Non si può giocare 5 contro 3!

MESSAGGIO STELLARE

La costellazione di Orione.

QUIZ "L'ENIGMA DEL FARAONE"

1. b; **2.** c; **3.** b; **4.** c; **5.** a; **6.** c; **7.** a; **8.** b; **9.** b; **10.** a.

CRUCIVERBA DELL'ESTATE

1 O	2 M	3 B	R	4 E	5 L	L	6 O	7 N	8 E
9 M	A	I	■	10 R	E	■	11 B	O	A
12 B	R	A	13 C	C	I	14 O	L	I	■
15 R	E	C	C	O	■	16 Z	O	O	■
A	■	C	■	17 L	18 U	I	■	19 S	U
■	20 P	O	D	E	R	O	S	E	■

ANIMALI NASCOSTI

Vero; vero; falso; vero; vero; falso.

QUIZ PER SUPER AGENTI

1. Tre gatti. Infatti: un gatto mangia un topo in un minuto e mezzo, perché il tempo rimane invariato. In 30 minuti un gatto mangia 20 topi, perché 30 : 1,5 = 20. Per mangiare 60 topi occorrono 3 gatti, perché 60 : 20 = 3; **2.** 103. Attenzione… non serve conoscere le singole età dei ragazzi! Tra cinque anni, infatti, ciascuno avrà cinque anni in più: e in totale avranno 25 anni in più del totale attuale, quindi 78 + 25 = 103; **3.** 36, doppio di 3 x 6; **4.** In ordine alfabetico.

AI GIOCHI

PUZZLE DELL'ESTATE

S	A	B	B	I	A	N	A	R	G
E	**D**	A	F	A	**E**	A	M	I	O
P	R	L	**L**	**F**	R	S	I	S	M
P	**I**	E	N	I	H	C	C	A	M
I	O	N	D	A	**N**	A	A	I	E
E	R	A	M	E	R	R	**O**	A	A

La parola che appare è DELFINO.

TROVA LE DIFFERENZE

INDOVINA DOV'È

1. Brasile; **2.** India; **3.** Stati Uniti; **4.** Olanda.

OCCHIO AL GATTO!

SOLUZIONI AI GIOCHI

INDOVINA CHI

A destra di Larry è seduta Sara.

REBUS PER TUTTI I GUSTI

1. Camion lenti; **2.** Una sorpresa svelata; **3.** Frase di amicizia.

QUIZ "INTRIGO A HOLLYWOOD"

1. b; **2.** c; **3.** b; **4.** a; **5.** b; **6.** b; **7.** a; **8.** b; **9.** a; **10.** a.

CAPITALI DEL MONDO

Parigi - Francia; Oslo - Norvegia; Dublino - Irlanda; Nairobi - Kenya; Il Cairo - Egitto; Lima - Perù; Nuova Delhi - India; Lisbona - Portogallo

CONTA LE PALME!

21-6 = 15 palme a Villa Montgomery
15-10 = 5 palme a Villa Prentiss
Quindi: 5+22 = 27 palme a Villa Lowenthal.

TROVA I PERSONAGGI MISTERIOSI

A. F-2; **B.** A-1.

CHE PAURA!

Il riflesso della tigre nell'acqua è sbagliato.

SCOPRI L'ANAGRAMMA

Mangiare - Germania.

Agatha Mistery

1. L'enigma del faraone
2. La perla del Bengala
3. La spada del re di Scozia
4. Furto alle cascate del Niagara
5. Omicidio sulla Tour Eiffel
6. Il tesoro delleBermuda
7. La corona del Doge
8. Missione safari
9. Intrigo a Hollywood
10. Crociera con delitto
11. Il ritratto senza nome
12. Indagine a Granada
13. Sfida sulla Transiberiana
14. Caccia al tesoro a New York
15. Il segreto di Dracula
16. Destinazione Samarcanda
17. Operazione giungla
18. Complotto a Lisbona
19. Sulle tracce del diamante
20. Trappola a Pechino
21. Rapina sul Mississippi
22. Doppio inganno a Oxford
    Festa in giallo a Mistery House (*edizione speciale*)
23. Il codice dei ladri
24. Vendetta sul monte Fuji
    Giro del mondo in cinque misteri (*edizione speciale*)
25. Imprevisto a Barcellona
    Paura al Mistery Hotel (*edizione speciale*)
26. Pericolo ai tropici
    L'isola fantasma (*edizione speciale*)
27. Crimine a Vienna
    Assassinio a Londra (*edizione speciale*)
28. Il vichingo scomparso
29. Minaccia a Milano
    La leggenda del cigno d'argento (*edizione speciale*)
30. L'anello scomparso

I MISTER

1
Zia Melania
2
Zio Raymond
3
Nonno Godfrey
4
Scarlett
5
Gaspard
6
Zio Conrad
7
Marco
8
Haida
9
Zio Bud
10
Zio Samuel
12
Zio Manuel
13
Zio Jack
Zio Algern
28
3
22
5
25
18
12
4
14
9
21
6
17

L MONDO

21
Zia Honey
22
Zio Bill
23
Zio Helmut
24
Zio Chadwick
13
20
16
24
2
25
Raul
26
Zio Ulysses
8
14
Zio Kim
15
Dolores
26
16
Zio Lester
17
Zio Walter
27
Hugo
28
Smilla
18
Zio Tony
19
Nonna Jubilee
20
Zio Chen
29
Romeo